El lado frío de la almohada

Belén Gopegui

El lado frío de la almohada

EDITORIAL ANAGRAMA
BARCELONA

Diseño de la colección:
Julio Vivas
Ilustración: «Gray Vase, Vanda Orchid», foto © Sheila Metzner

Pedró de la Creu, 58
08034 Barcelona

ISBN: 84-339-6865-3
Depósito Legal: B. 35318-2004

Printed in Spain

Liberduplex, S. L., Constitució, 19, 08014 Barcelona

A Hilda Gámbara
A María Martín-Ampudia y a Sofía García Hortelano
A María Moliner

Me dirijo, en esta forma, a las individualidades colectivas, tanto como a las colectividades individuales y a los que, entre unas y otras, yacen marchando al son de las fronteras o, simplemente, marcan el paso inmóvil en el borde del mundo.

CÉSAR VALLEJO

Ésta es una obra de ficción y no un fragmento de la Historia, con mayúscula, aunque sí pertenezca a la historia de lo que los hombres y mujeres hacen, conocen, imaginan, procuran.

0

Mateo Orellán acababa de recoger una corbata y un pantalón de la tintorería. A las nueve estaba invitado a una recepción en la Fundación Kiev y no tenía qué ponerse. Aun contando con el pantalón y la corbata iba a costarle encontrar una camisa bien planchada, una chaqueta decente. Inquieto por esta trivialidad entró en la cocina y encendió maquinalmente la radio. Mientras preparaba un café escuchó la noticia.

Al principio ni siquiera pensó que las dos iniciales de la joven L. B. de origen cubano muerta por azar en un tiroteo correspondieran a Laura Bahía. Se había producido un fuego cruzado, un ajuste de cuentas en la calle de Argumosa, un mexicano de unos cuarenta años había recibido tres disparos, otro hombre había huido y una bala perdida se había alojado en el cráneo de la joven, quien vivía en un inmueble sito en la misma calle y se disponía a salir de él. A diferencia del mexicano, muerto en el acto, la joven L. B., de veintiocho años, había muerto diez minutos después. El locutor dio paso a un diputado de la Asamblea de Madrid y éste criticó la tardanza en atender a la joven por parte tanto de la policía como del servicio de ambulancias. Orellán dejó de escuchar.

Ahora estaba seguro. La calle de Argumosa era la calle de Laura Bahía, la edad era la suya igual que las iniciales, y la expresión de origen cubano designaba el hecho cierto de que Laura Bahía, hija de padre español, había nacido en Cuba, había vivido allí diecinueve años y ahora llevaba nueve en España.

Mateo Orellán salió despacio de su estupor para oír, esta vez, a una concejala de la oposición. No había ninguna prueba de que L. B. estuviera implicada en el tiroteo de bandas rivales, decía la concejala. Lo que le había ocurrido a la joven podía haberle pasado a cualquiera en el portal de su propia casa, y de nuevo ponía de manifiesto la creciente inseguridad de Madrid. El borboteo del café requemado y, casi a la vez, el timbre del teléfono obligaron a Orellán a levantarse. Apagó el fuego y contestó al teléfono. Era Agustín Sedal.

–Ha ocurrido algo –dijo.

–Lo sé, lo he oído en la radio.

–Necesito hablar contigo.

Mateo Orellán tenía sesenta y ocho años, un cuerpo algo rechoncho de baja estatura, cabeza calva, y usaba gafas de concha. Siempre había envidiado la delgadez de Agustín Sedal, la altura, el cuerpo de galán erguido a pesar de sus setenta y un años. Cuando Sedal se presentó en su casa, sin embargo, toda esa altura parecía venírsele encima, sus dos manos morenas eran un mar de arrugas igual que el borde de unos ojos medio muertos. El ancho bigote blanco le había amarilleado.

Sedal se quedó parado en el umbral de la puerta, como si no supiera dónde estaba. Orellán le llevó al salón.

–¿Whisky? –preguntó.

–No, gracias, he venido a pedirte una cosa, escritor –dijo Sedal, quien siempre llamaba a Mateo Orellán así en broma–. Necesito que escribas.

–¿Que escriba el qué?

–Una novela.

–Hace veinticinco años que no escribo novelas.

–Sin embargo, sigues siendo escritor.

–De libros de ensayo, de libros de encargo.

–Tienes que hacerlo. No puedo pedírselo a nadie más.

–¿De qué te va a servir?

–De nada –dijo Sedal.

Mateo Orellán solía decir que era escritor por insistencia. Había dejado la novela por el teatro. Había dejado el teatro por el ensayo y el ensayo por el libro de encargo. La cuestión era que cada cierto tiempo seguían apareciendo libros que llevaban su nombre. Participaba en mesas redondas, servía igual para un roto que para un descosido. Supongo, sí, pensaba, que en cierto sentido soy escritor.

–Si escribo la novela, ¿qué harás con ella?

Sedal volvió su rostro ojeroso, su perfil devastado hacia él.

–Cuando la termines, te lo diré.

Agustín Sedal salió de casa de Orellán a las doce de la noche. Había llegado a las seis. Mateo Orellán le acompañó a la puerta; al volver, vio la corbata y el pantalón envueltos en el plástico de la tintorería.

1

Philip Hull se destapó bruscamente y fue descalzo, arrastrando los bajos del pijama rayado, hasta el teléfono del salón. Había venido a su memoria el cumpleaños de su nieto: un año. El niño no se iba a enterar si llamaba y la indiferencia educada de su hijo le devolvería a su noche con esa tristeza que ya conocía, que ni siquiera duraba demasiado porque, en un intervalo de doce años, la tristeza había perdido su prestancia como una linterna se va quedando sin pilas y apenas da luz. Sin embargo, debía llamar; aunque en Madrid fueran más de las tres de la madrugada, en California, se dijo, aún estarían cenando.

Contestó en inglés su nuera, amable pero fugaz, como siempre. Y en unos segundos la voz de su hijo agradeciendo la felicitación, el niño dormía, en California eran las nueve y media y ellos acostaban al niño a las ocho. Padre e hijo repitieron las frases que solían intercambiar dos veces al año. Más por alargar un poco la conversación que porque fuera realmente probable, Philip Hull dijo:

–Parece que en junio tendré que ir a Florida.

–¿Ah, sí? Tal vez puedas acercarte a vernos.

Los dos sabían que no iba a suceder. Ahora les separaban cerca de 7.000 millas y si Hull iba a Miami les separaría bastantes menos. Sin embargo, no era cuestión de espacio ni de horas de avión.

–Depende del tiempo que tenga que estar –dijo Hull–. Sinceramente, lo veo difícil.

–Bueno –dijo su hijo–. Tenme al corriente.

–Dale un abrazo a Brenda y otro al pequeño David.

–Lo haré. Hasta pronto, papá.

Nadie sobre la tierra pronunciaba la palabra «papá» con más paternalismo que su propio hijo, se dijo Hull al colgar. Por su cabeza pasaron Honduras, Bolivia, México, Nicaragua, Maryland, Cuba y España. Su memoria vagaba inquieta y en ninguno de esos lugares encontraba asilo. Cincuenta y siete años eran muchos años. ¿En qué momento había empezado a perder el control? Ya casi nunca lograba expulsar la sensación de que su pasado se había convertido en un armario cerrado a la fuerza. Uno de esos armarios en donde se han guardado demasiados objetos sin colocar y que hay que abrir con cuidado para que no caiga todo de golpe, las maletas, los zapatos, las equivocaciones.

Philip Hull se dirigió a la cocina. Le alivió el tacto fresco de las baldosas bajo los pies descalzos. Abrió la nevera, tomó un emparedado de queso y se sentó en una silla blanca junto a la mesa blanca también. Se levantó para servirse un vaso de leche. Mordió el blanco emparedado, bebió el líquido blanco y pidió a nadie una moratoria, cinco meses de calma antes de que le dieran su último destino. A su edad nada iba a comenzar de nuevo y, en cuanto a su carrera profesional, aunque había logrado mantenerse, promocionarse según los mínimos exigidos, nunca despegó. Ya no esperaba ninguna recompensa, pero sí un destino lo bastante honorable como para que le dejaran dar los últimos retoques a Philip Hull, el diplomático errante, el hombre de ojos atormentados que sin embargo sabía mirar con franqueza, el viejo capitán.

Unas horas antes, en la Embajada de Cuba, Laura Bahía estrechaba la mano de Agustín Sedal. La extraordinaria altura de Sedal hizo que su mesa pareciera un poco ridícula cuando él volvió a sentarse, casi una mesa de parvulario para ese individuo erguido y moreno de setenta y un años. Laura Bahía guardó en el bolsillo el papel con las direcciones que le habían dado. Dijo adiós al guardia de seguridad. Eran las ocho y cuarto de la noche, la calle estaba desierta. Laura se abrochó un chaquetón negro. Algunos perros, ocultos tras las verjas de grandes casas del barrio, ladraron al oírla pasar. La boca de metro aún estaba a diez minutos. También el interior del metro estaba vacío. Nadie en las taquillas ni por el pasillo. Sólo un mendigo al final del andén y, algo más cerca, un chico de unos veinte años que llevaba una venda en el brazo izquierdo.

Llegó a su casa poco después de las nueve. Pensó en cenar algo, pero más que hambre sentía cansancio y se tumbó vestida sobre la cama. El dormitorio, como el resto del piso, daba a un patio interior. A Laura le pareció que un relámpago entraba por el patio dejando sobre los muebles pequeños penachos de luz. Luego vino el primer trueno.

Philip Hull no conseguía concentrarse; siempre le pasaba cuando no había descansado lo suficiente. Se levantó a cerrar la puerta de su despacho en la embajada americana y después permaneció de pie, sin acercarse a la ventana o a coger un pisapapeles para sopesarlo y volverlo a dejar sobre la mesa. De pie, pegado a la puerta, como si fueran a dispararle, pensó, pero nadie le iba a disparar. Sólo estaba nervioso. Era un hombre inestable y el deseo de calma de la noche anterior con su emparedado blanco y su vaso de leche se había desvanecido. Volvió a la mesa, sin sentarse consultó la agenda y después el ordenador. Ni una sola cosa interesante entre las citas, llamadas y correos pendientes. Sin embargo, ahí estaba ese jueguecito de la Embajada de Cuba. Un asunto menor, en realidad. Cualquier miembro de su equipo podía hacerse cargo. Pero era el único asunto no del todo previsible entre los más de treinta que le aguardaban y decidió quedárselo.

¿Qué pretendían? Porque sin duda algo pretendían. Los cubanos llevaban casi mes y medio con aquella provocación. Una chica de veintiocho años inexperta, incapaz de esconder su rastro o quizás dedicada en exclusiva al trabajo de dejar ese rastro para que ellos lo vieran.

Volvió a sentarse. Sus pequeños zapatos taconearon súbitos. Hull era un hombre alto de complexión media. Cuando no tenía ninguna cita profesional que lo impusiera procuraba eludir el traje y acudía al trabajo ataviado con jerseys de calidad manifiesta, con pantalones informales. Detestaba, en cambio, los zapatos de aire deportivo, las grandes suelas gruesas, la sensación de calzarse para ir de excursión al campo cuando sólo iba a conducir, a pisar el suelo de la embajada y tal vez algunas calles. En su lugar prefería unos tradicionales mocasines negros cuya piel se le ajustaba al pie hasta el punto de marcar los huesos y cuya suela era casi inexistente. Tenía el pelo castaño y abundante, lo que permitía que las canas no destacaran apenas. Los ojos claros, la cara amplia, las manos grandes y fuertes, la indumentaria, todo causaba una impresión de sosiego y seguridad, pero al llegar debajo de la mesa aquellos pies pequeños y como disociados de toda la figura invitaban al posible interlocutor a preguntarse de nuevo con quién estaba hablando. En cuanto a los calcetines, solían ser finos también, granates, verdes o negros, de textura traslúcida. Aquel día eran verdes, acanalados, y repetían con suavidad el taconeo nervioso de los pies mientras Hull llamaba a Marian Wilson por el teléfono interior.

La agregada de seguridad entró con varios papeles en la mano. Tenía treinta y nueve años. Aunque no ocultaba su ambición, sabía ser paciente y por ambos motivos Hull confiaba en ella.

–Bueno, ¿qué te parece? –preguntó Hull señalando con la cabeza los papeles de Wilson, el primero de los cuales era un informe sobre las nuevas fuentes de la Embajada de Cuba que Hull le había hecho llegar con el ruego de que no lo difundiera.

–De momento, nada especial. Se lo encargaré a George o a Elisabeth. Tiene aspecto de ser una estratagema. Y, en todo caso, conviene saber más antes de tomar cualquier decisión.

–Me gustaría, si crees que es posible, ocuparme yo, personalmente.

–¿Por qué? –quiso saber Wilson con una inquietud que a Hull le hizo sonreír.

–Por nada especial. Es algo tan tonto como que sólo me quedan cinco meses en Madrid y necesito un poco de aire.

–¿Aire?

–Aire libre, salir, moverme por lugares que no sean salas de recepciones y mesas de convenios. –De pronto Hull añadió–: Te invito a un café.

No era algo que hiciera a menudo. Y menos con

aquella mujer a quien había besado una sola vez un año atrás. La besó por sorpresa al doblar ambos la esquina de una calle cuando regresaban de un acto oficial, sin que le impulsara la violencia del deseo ni tampoco un sentimiento de autocompasión y búsqueda de protección. Iban los dos andando, era de noche, apenas les quedaban unos metros para llegar al sitio donde esperaba el coche de la embajada. Hull se imaginó preguntándole qué pasaba en su noche mientras su marido dormía, sus dos hijas dormían, a ella un ruido inesperado la hacía abrir los ojos y, entonces, transcurrían varios minutos hasta que recobraba el sueño. En vez de preguntar, Philip Hull había intentado robar esos minutos cuando su boca halló unos labios sorprendidos que no se entreabrieron. Tal vez no había nada en esos minutos, un repaso de la agenda, un recuerdo del día o una anticipación. Pero tal vez hubiera desilusión y rabia, y Hull quería tocarlas con su lengua. Después miró a Marian Wilson, lo siento, ha sido un impulso, tengo problemas: no volverá a ocurrir. Al día siguiente, Hull tuvo que contarle sus problemas en la cafetería de la embajada. Le habló de aquella chica de Nicaragua y mintió un poco. Mintió también al contarle la historia de la muerte de su ex mujer y supo que había logrado cerrar el caso. Ese beso fallido ya no se interpondría en su relación profesional. Supo también que él seguiría como hasta entonces, noches de rabia quieta, ardiente la mejilla, todo lo que no haría golpeando sus sienes como el granizo.

En la cafetería estuvieron considerando qué buscaban los cubanos. Marian Wilson le recriminaba por haber retenido el informe.

–Es el tipo de cosas que le gustan al consejero –se excusó Hull–. Lo escribe entre exclamaciones, se lo entrega a la ministra en una bandeja: «Los cubanos envían a una española a entablar contacto con grupos; algunos podrían estar relacionados con la lucha armada.» Y todo se precipita y se crean problemas y platos rotos antes de tiempo.

–Pero yo pienso como tú, creo que es una estratagema –dijo Wilson–. Los de inteligencia tenemos demasiada mala fama. Si me lo hubieras mostrado antes, yo habría esperado. En cambio, si por lo que sea el informe llega a filtrarse sin haber pasado por mí, habrías tenido serios problemas.

Hull conocía a Wilson y quiso apurar cualquier duda.

–¿Y si tú y yo nos equivocamos? –preguntó–. ¿No pueden estar haciéndolo de forma tan burda precisamente para que pensemos que quieren otra cosa?

Marian sujetó su cara con las dos manos. Conservaba una gestualidad de estudiante que a veces la hacía parecer mucho más joven de lo que era.

–Están acorralados. Están en la cuenta atrás. No se van a meter ahora de verdad en ese lío. Grupúsculos armados, inmaduros, vulnerables. No lo creo.

–Sin embargo, se permiten el lujo de jugar. El riesgo de que nos aprovechemos de la situación y filtremos la noticia es alto.

–Nos conocen –dijo Wilson–. Saben cómo trabajamos. Nuestro equipo no se moverá hasta tener más datos. Ni siquiera puedes demostrar con quién habla la chica realmente, sólo en qué locales entra, o mejor: en qué portales de qué locales se deja ver cuando entra.

–¿Tienes una teoría?

–Es posible que quieran dinero. Hace un par de meses hicimos movimientos, dinero a cambio de información. Ellos se negaron, pero los sobornos hay que dejarlos madurar. Si quieren dinero, supongo que tú eres un buen intermediario, alguien que no les compromete demasiado.

También podrían estar siendo víctimas de sus propias carencias y que se trate de una chapuza, de alguien a quien no tienen tiempo de controlar.

–Si tu primera teoría es buena, les daré lo que quieren. Seré su intermediario, te trasladaré sus peticiones.

Wilson negó con la cabeza.

–No deberías hacerlo tú –le interrumpió–. No vas a ganar nada. Y puede ocurrir que te empantanes y dejes de fijarte en otros asuntos.

–Tú te fijarás –dijo Hull–. Es precisamente lo que quería que hicieras. Permanecer atenta por mí, mirar allí donde puedan querer que yo no mire.

–Lo haré. Sabes que me gusta. Pero aun así. Éste es un caso para alguien –un aura de piel ruborizada rodeó las manos que sujetaban la cara de Wilson–, bueno, a quien no le queden seis meses.

–Debería aprovechar estos meses para hacer méritos, es lo que quieres decir –dijo Hull suavemente.

Wilson cambió de postura, bajó las manos y a Hull le pareció que iban a acariciar las suyas aunque se detuvieron en el centro de la mesa.

–Algo así –dijo Wilson–. No deberías renunciar a un puesto de consejero.

–Las cosas en mi carrera no han salido del todo bien. –El tono de Hull era en extremo gentil–. También podían haber salido peor, así que no me quejo. Pero no me hago ilusiones. Me ocuparé de este caso, al menos unos días, porque me divierte, si quieres, quizás incluso por cobardía. Ya no estoy para agotar el tiempo con la lengua fuera a ver si me dan una medalla. Y no es que no quiera la medalla. Lo que no quiero es matarme a correr cuando sé que, como mucho, puedo llegar el quinto.

Philip Hull miró a Wilson. No había falsa modestia

en sus palabras, le dijo con los ojos, ella sabía mejor que nadie cómo funcionaba la promoción en el servicio exterior.

–¿Me harás este favor? –dijo Hull–. ¿Permanecerás atenta y, a la vez, dejarás dormir este asunto en tus informes?

–Será mi último favor –sonrió Wilson–. Pero sé prudente. La guerra de Irak va a empezar cualquier día. No es momento para experimentos. Si encuentras algo raro, no dejes de avisarme.

Después los dos miraron sus relojes con naturalidad. Era el 26 de febrero.

Laura Bahía pidió permiso para salir un poco antes de la asesoría fiscal donde trabajaba. Se lo dieron, no sin insinuarle que esa tarde tendría que quedarse más tiempo.

Durante el día, Laura se recogía el pelo y nunca llevaba ropa de segunda mano. Entró así vestida en la boca del metro, pero al salir, cerca ya del hotel donde tenía la cita, dobló con cuidado una americana de tweed y la metió en la mochila después de sacar un jersey negro de cremallera que le llegaba hasta los muslos. Por simpatía hacia el jersey, sus pantalones de pana negros parecieron avejentarse, así como sus zapatos de piel vuelta. Llegó a la cita con cinco minutos de antelación.

La sorprendió encontrar a una mujer, aunque enseguida se reprochó la sorpresa. La mujer tendría algo más de treinta años. Según Laura había llegado a saber, en Portugal estaba gestándose un grupo clandestino ligado a la extrema izquierda. Al parecer, el grupo se proclamaba contrario a la propiedad privada y contrario también al terrorismo en cuanto estrategia política. Su propósito era actuar sólo como medio no legal de financiar acciones colectivas. Utilizar las armas para robar y defenderse, pero no para matar, decía un comunicado anónimo. La mujer hizo subir a Laura a su habitación. Ella se sentó en un taburete, dejando a Laura la única silla. En ningún momento reconoció la mujer la existencia del grupo. Habló como si se tratara de una leyenda, un rumor sin confirmar y al cual ella no parecía dar crédito. Hizo alguna pregunta a Laura, repentina, imprimiendo giros ilógicos a la conversación.

Laura sabía que la estaban probando y estaba dispuesta a aguantar el tiempo y las preguntas necesarias. Agradecía la prudencia del grupo portugués. No quería ningún dato que un día a ella pudiera serle difícil ocultar; su juego era otro juego.

Por fin habló:

–Yo no sé si lo haría –dijo–. Correr el riesgo de tener que disparar.

–Siempre puedes disparar a una pierna –dijo la portuguesa.

–¿Y si fallas?

–Todos podemos matar a alguien conduciendo, por un error, y sin embargo cogemos el coche.

Laura sacó un sobre de su mochila y se lo entregó a la portuguesa.

–Es una lista de lugares donde obtener documentación falsa en Madrid. Podéis verificarla o descartarla, como queráis. Os la entrego... a cambio de esta cita.

La portuguesa se puso en pie:

–No te entiendo.

–No ha sido una trampa –dijo Laura–. Aunque sí he mentido. No quiero entrar en vuestro grupo pero necesito que alguien sepa que podría hacerlo.

–¿Insinúas que te han seguido? –preguntó la portuguesa impasible.

–Hay otra cosa que quiero daros –dijo Laura sin contestar. Extrajo ahora una carpeta flexible de la mochila–. Es alguna información que tiene sobre vosotros la embajada americana. Puede que haya más, no lo sé, ésta la conseguimos por un golpe de suerte.

Laura tendió la carpetilla a la portuguesa. Ella, sin hacer ademán de cogerla, preguntó:

–¿Quiénes la conseguisteis?

–Sí –dijo entonces Laura–. Me han seguido. Por el momento no van detrás de vosotros, sino detrás de mí. De todas formas, éste era el único camino para darte una copia de lo que tienen. No creo que os hayan pinchado el teléfono, pero tampoco lo descarto. Cuando leas el informe verás que este viaje vuestro no les preocupa. Incluso les interesa. En cuanto a mí, el tipo que me sigue parece bastante novato, de momento no veo que se lo estén tomando muy en serio.

Laura extendió otra vez la mano con la carpeta de plástico.

–Siento no haber avisado –dijo–. Tú sabes cómo es esto.

–Ya lo veo –dijo la portuguesa–. Esta vez no te ha importado apuntar a las piernas. Nos has engañado para conseguir tus fines. ¿Cuáles son?

–Nunca iríamos contra vosotros –dijo Laura.

–Supón que lo acepto. Pero además querrás que acepte que el engaño era el único modo que tenías de lograr lo que querías.

–Es que era el único.

–A veces renunciar a los medios es renunciar a los fines –dijo la portuguesa.

–Creo que lo entiendo.

–No vas a decirme quiénes sois.

–Ahora no. –La portuguesa cogió la carpeta de las manos de Laura, que dijo–: Pero si llegas a saberlo, no te sentirás traicionada.

Laura estrechó la mano a la portuguesa antes de salir.

Esperó en los alrededores del hotel; el hombre que la seguía no estaba. Metió las manos en los bolsillos de sus pantalones, lo que hizo que el jersey largo formase una especie de bolsa de canguro que se movía al ritmo de sus pasos. Se detuvo en una cabina para llamar a Agustín Sedal a uno de sus teléfonos móviles.

–Ya no me siguen –dijo Laura.

Sedal sólo contestó:

–Ten paciencia.

El autobús no iba muy lleno, Laura encontró sitio al fondo. Poco después un hombre se sentó a su lado. Era el agregado que buscaban. Los agregados no van en autobús, sólo podía ser una provocación. El hombre fingía no haber reparado en ella. Laura esperó tres paradas; en la cuarta, sacó de uno de los bolsillos de su mochila una lata pequeña de caramelos de naranja. La abrió, se disponía a coger uno y entonces, como si se le acabara de ocurrir, se dirigió al agregado:

–¿Quiere?

Philip Hull detuvo el gesto mecánico de negación, miró la lata, miró los ojos verdimarrones de Laura Bahía y le dio las gracias en el perfecto español que había aprendido de su madre. Laura cogió uno también. No volvieron a mirarse. En la siguiente parada ella se levantó para ir ganando la salida. Hull la dejó pasar y volvió a sentarse.

Laura vio alejarse el autobús rojo. Hull estaba solo en su pareja de asientos.

Despacio, Laura se dirigió a su casa; sólo cuando el autobús hubo desaparecido retrocedió para entrar en una cabina telefónica. Desde allí llamó de nuevo a Agustín Sedal, esta vez a otro número.

–Es más o menos lo que queríamos, pero a mí también me sorprende que lo haya hecho así –respondió él a su relato.

–¿Qué significa? –preguntó Laura.

–Cualquier cosa. Tal vez es más impulsivo de lo que pensábamos, o a lo mejor quiere inflar el informe de tus actividades por algún motivo. Aunque sabemos bastante de él, nunca se llega a saberlo todo.

–¿Es bueno que ya se haya dejado ver?

–Sí... –La voz de Sedal dudaba–. Sí, ¿por qué no iba a serlo? Podría ser una suerte para nosotros, podría hacer que adelantáramos mucho.

–Hay algo que no ves claro –dijo Laura.

–No me gusta que nadie actúe con precipitación. Lo del autobús es un riesgo inútil. No me gusta que lo hagamos nosotros, pero tampoco ellos. De todas formas, es sólo una impresión. La noticia es buena, Laura. Y no se te ocurra contárselo a nadie más. A nadie.

Aquella noche Philip Hull fue a visitar a Miguel Arrieta. Le había conocido en Bolivia y, diecisiete años después, habían vuelto a encontrarse en Madrid. En Bolivia, al principio, Arrieta le había parecido a Hull un empresario inquieto por sus negocios como había decenas. Sin embargo, cuando tuvo ocasión de hablar con él le sorprendió su instinto, o lo que entonces creyó que era instinto, para la burla de todo y de todos.

En una ocasión, Arrieta había llegado a asustarle

cuando le llevó andando hasta un extremo de la capital y le hizo entrar en un tugurio sin ventanas donde cuatro hombres apostaban grandes sumas de dinero al dominó. Arrieta no jugaba nunca pero estuvo mirándolos en silencio todo el tiempo que aguantó Hull.

–Me marcho –dijo Hull por fin sin subir la voz.

Y en ese momento Arrieta reaccionó como si estuvieran en cualquier lugar, salió con él, le condujo a una taberna cercana, le invitó a beber.

–¿Por qué me has llevado ahí? –preguntó Hull.

–¿Por qué no? ¿Qué más da un sitio que otro?

–Pero hemos andado mucho para llegar ahí.

–¿Estás cansado?

–No, no es eso –dijo Hull–. Pensé que querías enseñarme algo.

–¿Una lección, quizás? ¿O la lección de que las cosas no encierran ninguna lección? Pero eso ya es una enseñanza, ¿no?

Miguel Arrieta andaba entonces, como Hull, por los cuarenta años. En su cara picuda, mezcla de zorro y pájaro, sus ojos parecieron irse hacia atrás, como si sólo una copia quedase junto a la piel y los ojos reales estuvieran más allá de las paredes, mezclándose con el polvo y la tierra de las afueras. Hull quiso hacerlos volver:

–He pedido el traslado –dijo incurriendo en una confidencia que ni siquiera había hecho aún a su mujer.

–Haces bien –dijo Arrieta–. Tú quieres algo, quieres que las cosas signifiquen algo.

–¿Y tú? –preguntó Hull.

–Yo quiero que se callen.

De nuevo Hull se sintió incómodo. Recordaba los barrios que deberían atravesar en su regreso.

–Ocrán-Sanabú –dijo Miguel Arrieta. Su risa sonó por

todo el bar y le cubrió la cara al tiempo que sus ojos volvían–. Dilo –le dijo a Hull–. No, da igual, no hace falta.

Los indios vendían en puestos callejeros pero también en rincones clandestinos toda clase de hierbas para el mal de altura. Las hojas de coca eran lo más sencillo. Vendían hongos y otras sustancias que Hull no conocía; pensó que Arrieta podía haberlas ingerido.

–¿Qué has tomado? –dijo–. Te tenía por un hombre racional. Es la primera vez que te oigo esa jerga de hechicero que escucha hablar a las mesas y a los animales.

–¿Tomar? Nada. Es que las cosas sólo significan para los que saben que todavía pueden ganar la partida o el juego. –De nuevo había en su voz el afecto que Hull encontrara al poco tiempo de conocer a Arrieta, un afecto que, desde entonces, Hull iba a empeñarse en conservar–. Ocrán-Sanabú –dijo Arrieta, esta vez sin reír, y añadió–: Estoy cansado, Philip. Hoy he tenido un día muy cansado. ¿No podrías llamar a tu embajada y pedir que nos envíen un coche?

Hull sólo había escrito en su vida cartas privadas de amor a las mujeres, cartas privadas de padre culpable a su hijo y cartas privadas, quizás una al año o a veces cada dos, a Miguel Arrieta. Cartas de no más de un folio pautando su vida, en donde se mostraba todo lo sincero que se atrevía a ser consigo mismo. Arrieta era hijo de cubanos, aunque había nacido en Uruguay y sólo había vivido en Cuba algunos años. Se exilió muy joven, primero a España, después a México y después a una larga ristra de países en función de sus negocios: almacenes en Haití, camiones en Bolivia, un restaurante en Venezuela, barcos en Panamá, exportación e importación de ropa y otros efectos para el mar entre España y China. Cuando a Hull le dieron el destino en Madrid pensó en ir a ver a Arrieta, pero Arrieta se adelantó. Una mañana la secretaria de Hull le hizo llegar un sobre de cartón en cuyo interior sólo había un tarjetón amarillo: Efectos navales Arrieta. Calle General Álvarez de Castro n.º 17. Madrid, 28010. Ni siquiera un teléfono.

Philip fue a visitar la tienda esa misma semana. Era un local alargado de gran profundidad. Pese a estar situado en el centro de la capital, no se había hecho ninguna concesión al público urbano que sólo busca en las tiendas marineras jerseys gruesos, o figuras talladas en madera y otros artículos superfluos. Por el contrario allí vendían exclusivamente efectos navales útiles para los barcos, cabos de arrastre, redes y plomos, indumentaria práctica, toda suerte de objetos especializados. Hull vio a un dependiente pero prefirió no darse a conocer y se adentró en las sucesivas secciones. Al fondo había una puerta amarilla. Hull llamó y el rostro de un joven desconocido asomó a media asta:

–¿Qué desea?

–Ocrán-Sanabú –dijo Hull.

–Voy yo –se oyó algo más lejos la voz de Miguel.

Desde entonces Hull había visitado la tienda casi una vez por semana. Detrás del cuarto de la puerta amarilla, había otra habitación bastante amplia, con ventanas enrejadas que daban a la calle y mesas con ordenadores desde donde se organizaba el trabajo de almacenaje y distribución. Eso era lo que veían los transeúntes si miraban al pasar. Más al fondo, en un rincón aislado, sofás, sillas y sillones formaban un espacio para la conversación.

Philip Hull solía ir los jueves y a veces los viernes. Unas veces Arrieta estaba solo, otras no. Si Arrieta le invitaba a entrar, Philip pasaba. En varias ocasiones le había pedido que se fuera y Philip lo había hecho sin inmutarse. En la embajada habían investigado a Arrieta. Hull sabía que sus negocios no eran del todo limpios, aunque sólo en la medida en que eran negocios. Rutas de exportación poco creíbles, una sociedad difusa en Panamá. Pero no había droga y sí algunos empresarios vinculados a Miami. Hull no quería que esos empresarios le vieran, no quería que se le atribuyeran más lazos con el exilio cubano que los estrictamente profesionales. Por su parte, Arrieta no quería que la presencia de Hull pudiera violentar a algunos de sus intermediarios. Lo habían hablado con franqueza y habían llegado a ese pacto. Hull prefería la incomodidad de desplazarse en vano a esa otra incomodidad consistente en planificar las citas con días de antelación. Prefería, le había dicho a Arrieta, la fantasía de una amistad adolescente. En cuanto a Arrieta, sus socios nunca entraban atravesando la tienda, como hacía Hull, y eso evitaba que pudieran tener lugar molestos encuentros casuales. A él también le agradaba, había dicho, la cercanía de Hull.

Hoy Hull no buscaba pasar un rato acaso con desconocidos. Era jueves, a mediodía había ocupado un asiento junto a Laura Bahía en el autobús y deseó que no hubiera nadie más en la tienda.

Unos minutos antes, o después, de que Hull llamara al timbre de Efectos Navales Arrieta, Laura Bahía pulsó el botón del quinto en el ascensor del edificio donde vivía quien había sido su novio durante tres años. Eduardo Figuera la había invitado a una cena de despedida. Se iba a vivir a Oporto, con otra persona. Laura lo sabía. No había habido en su relación un día de clausura, una ruptura oficial. Entre los dos decidieron que deberían empezar a salir con otras personas y siguieron viéndose, manteniendo una complicidad que duró hasta la aparición del primer tercero. Ahora Laura subía para decir adiós a Eduardo y pensaba que iba a echar de menos poder llamarle de vez en cuando o verse, aunque ya nunca se llamaban de vez en cuando y aunque hacía más de seis meses que no se visitaban ni tampoco iban juntos a tomar un café o al cine.

Durante la cena rompieron el hielo muy despacio, como si sólo tuvieran para romperlo cosas romas, caramelos, bufandas, gomas de borrar. Después Eduardo la llevó al pequeño salón lleno de libros y señaló una estantería.

–Todos ésos –dijo– son los que no voy a llevarme. Separa los que quieras. Los que dejes, se los daré a Pedro.

Laura empezó a mirar los títulos. Cuando terminó, se acercó a Eduardo, quien se había acodado en la ventana. El viento de marzo se estrelló contra una puerta abierta.

–Laura, yo he tenido que explicar varias veces por qué lo dejamos. Y lo he hecho. Siempre se encuentran razones. Pero sé que hay una que me falta, que nunca digo.

–La política –dijo Laura.

Un camión de la basura inició su ascenso por la calle. Cerraron la ventana y Eduardo preguntó:

–¿Lo dices en serio?

Laura se había apoyado en el brazo de un viejo sillón, como si no quisiera sentarse. Eduardo permaneció de pie.

–Estoy segura de que tú también lo piensas.

–No, Laura. Tú has vivido en Cuba y yo no. Eres un poco radical y a veces hemos discutido. Pero no pensaba que fueras tan poco razonable. –Eduardo se sentó en una silla baja que había junto al sofá. Con cierta amargura, prosiguió–: Aunque si de verdad lo eres, si piensas que hay que volver a los tiempos en que un protestante no podía enamorarse de una católica o, todavía peor, a los tiempos en que un trotskista y un leninista debían ser enemigos mortales, entonces... No, ni siquiera así. Si piensas eso, entonces no lo habríamos dejado por la política, sino porque después de tres años no conozco tu carácter.

–¿Por qué tienes que llamar a la política un problema de carácter?

–Siempre estabas en otro sitio –dijo Eduardo–. Yo llegué a pensar que era por mi culpa. Había algo de ti que siempre estaba un poco triste ¿y ahora me dices que es porque teníamos ideas políticas diferentes?

–Casi todas las parejas que conozco que se han separado lo han hecho porque piensan de forma diferente de sus carreras profesionales, de los hijos, del dinero, de la alegría, de la guerra de los sexos.

–Bueno, pero esas cosas forman parte de la vida directamente. Dejar a alguien por política es como hacerlo porque prefiere los libros de aventuras o las películas del Oeste.

–Eso también es la vida, directamente. Lo que quieres decir es que algunas cosas de la vida no son tan importantes.

–Y quiero decir que con las cosas no muy importantes hay que mostrar aún más tolerancia.

–Yo prefiero que no sean tolerantes conmigo. La tolerancia se usa con los débiles, es una palmadita en el hombro.

–Si quieres hablo de respeto –dijo Eduardo, y añadió, dolido–: ¿Ves como das demasiada importancia a los detalles, a los matices? Da igual el tiempo que hemos pasado juntos, el afecto, el habernos apoyado en las dificultades, la piel. Todo eso no importa porque yo acepto la iniciativa privada. ¿No te parece de locos?

Laura calló. Entendía lo que Eduardo estaba diciéndole, claro que lo entendía, pero cómo sobrevivir a los días claros. Porque había días claros. Había mañanas completamente azules en las que todo parecía destellar, en las que todo estaba a la vista y no había forma de esconderlo. No es que ella quisiera esconder, como tal vez imaginaba Eduardo, el cansancio de la vida corriente, las cosas sin terminar, lo aburrido. Era lo esplendoroso lo que Laura rehuía, lo que cada día claro le mostraba. Era saber que si algo, algo político, no ocurría, lo esplendoroso, lo magnífico, lo oportuno, lo meritorio, lo con suerte o con esfuerzo finalmente conseguido comportaría mezquindad. Porque si algo, algo político, no ocurría, entonces lo anhelado nunca estaría libre de corrupciones, nimias o medias, de rencoroso resarcimiento, de mentiras. Libre de cálculo.

Eduardo se acercó cogiéndole las manos. Ambos notaron la atracción y casi al tiempo las manos dejaron de apretarse. Eduardo sirvió whisky en dos vasos mientras Laura se sentaba en el sillón. Él entonces se sentó en el suelo, la cabeza apoyada en las rodillas de Laura. El whisky era la melancolía, pensó Laura, como salir a la calle y saber que no la habían seguido. Después de quince o veinte minutos Laura dijo que tenía que irse. Se besaron en la boca casi sin darse cuenta. En el espejo del ascensor esa chica de veintiocho años había envejecido. Nadie en la calle: ni el hombre novato esperaba en una esquina ni, cuando paró un taxi, salió de las sombras el agregado político de la embajada.

Hull encontró a Miguel Arrieta reunido pero esta vez no se fue para volver otro día sino que preguntó si podía hablar con Arrieta un momento. Arrieta estaba con el grupo de empresarios cubanos en el exilio, le dijo que aún tenía para una hora larga. Hull se ofreció a esperar dos porque necesitaba verle. Entró en un bar, sacó de su cartera un libro y, al levantar la cabeza una de las veces, vio pasar a Marcos León, un joven cubano alto, corpulento, semejante a un rectángulo con una cabeza, a quien alguna vez había visto entrar en la embajada. Iba acompañado por dos personas más. Hull supuso que salían de casa de Arrieta pero siguió esperando hasta que transcurrió el tiempo que había dicho.

Ahora estaba sentado en un viejo sofá de oficina. Arrieta siempre escogía un sillón giratorio gris y negro. Desde allí le dijo:

–¿Por qué has venido esta noche?

–¿Una mujer? –preguntó Hull a su vez.

–Creí que estabas dejándolo.

–No es sólo una mujer. Seguramente también es una trampa.

–¿Años?

–No son los años.

–¿Años?

–Veintiocho.

–¿Quién se ha acercado primero?

–Ella.

–¿De dónde sale?

–Cuba.

–Es una trampa.

–Me gustaría caer.

–Te gustaría llevarte la presa sin caer en la trampa.

La cara de Miguel Arrieta ya no era tan picuda como cuando se conocieron. Los mechones blancos en un pelo medio rizado le daban un aire de despreocupación.

–Creo que esta vez no. Esta vez no me importaría exponerme, correr peligro. Llegar incluso a caer.

–¿Caer en dónde? ¿En el ridículo?

–No seas cruel. Supongo que me refiero a perder el control.

–¿Hablas de enamorarte?

–Por Dios. Ni siquiera la he visto. Bueno, sólo un momento. Hablo de apostar y a lo mejor arruinarse en vez de seguir administrando un sueldo mediocre toda la vida.

–¿Qué podrías ganar?

–Haber hecho algo. Haber vivido algo en vez de haberme dejado vivir.

–Me conmueves.

–Te burlas.

–No, de verdad. Me conmueves. Sentir lo que nunca habías sentido, como en una canción. ¿Es eso?

–Insistes en la mujer. No sé si es la mujer. Yo nunca he intervenido en nada. Sólo he cumplido órdenes.

–Y ahora ¿vas a desobedecer?

–Voy a ir por mi cuenta.

Miguel sacó de una pequeña nevera una caja de zumo de tomate y se sirvió un vaso:

–¿Zumo o algo más fuerte?

–Algo más fuerte –dijo Hull.

Miguel le sirvió ginebra con hielo y le entregó también una botella de tónica.

PRIMERA CARTA

Sr. Director:

En la noche apoyamos la cabeza en la almohada; como todo lo blando, la almohada cede a la presión. Se hunde, se calienta. Buscamos entonces su lado más fresco y mullido y ¿qué es lo que empieza? ¿Qué nos aguarda ahí o quiénes nos aguardan? Se trata de hacer un poco más preciso lo impreciso, porque lo impreciso, lo confuso, lo desdibujado también nos constituye.

En el lado frío de la almohada están los muertos. Cuando el orgullo quema, cuando se piensa con tristeza en lo perdido o se mantiene oculto el descontento por tener que hacer algo contra nuestra voluntad. Cuando nadie replica al deseo al otro lado y también cuando alguien replica pero luego el sueño es leve y no dura y se atoran en su viaje los caballos de batalla. Entonces, le decía, nos incorporamos algo, tomamos el calor que sobre un lado de la almohada dejase nuestro rostro encendido, le damos la vuelta: este suave frescor en la mejilla. De nuevo hemos cerrado los ojos y allí están los muertos, los muertos que tuvimos, como esperando.

Porque los muertos son lo que no hicieron. Lo que hicieron es de todos, pero lo que no hicieron es sólo suyo y nos estremece. Nos movemos un poco y ahí está una expresión de la cara, aunque más a menudo les imaginamos de cuerpo entero y sólo distinguimos su andar, escorado en algunos y precario, firme en otros, o ligeramente rítmico. A veces se les ve muy, muy de lejos. Ni siquiera nos miran sino que pasan un instante, pero su presencia dura como una marea que nos arrastra, como la fuerza contrariada de una ola.

Los muertos guardan, sin haberlo pedido, sin haberlo querido jamás, nuestra impotencia. La palabra que no debimos decir pero dijimos, la resolución que nos faltó, esta vaga conciencia de que habría que derribarlo todo y con las piezas por el suelo, muy despacio, volver a empezar.

Yo soy una muerta, señor director. En realidad, todos somos muertos. Muertos de menos de quince años, muertos de menos de treinta y cinco, muertos de menos de dos años y medio. Después, una vez que se muere, se deja de contar.

Le escribo ahora movida por una sacudida de tristeza, así el brusco empujón inesperado y nos volvemos, serios los ojos, mas ya es en todo caso tarde, la disculpa intimidada del extraño llega tarde, bastó un mínimo intervalo de agresión y sorpresa, el segundo en que no vigilamos, para que nuestras dudas se soltaran y el día pareciese un enemigo. En lugar del empujón, un tono de voz frío en el teléfono. Ahí es donde cifro la caída, la espiral boca abajo. No un tono mío, aunque también habría podido darse la circunstancia. Un tono de él. Usted no le conoce, básteme ahora decirle que quisiera dimitir de su amor. Yo sé cosas. Cosas que a mi edad no debería saber, pero las sé con la minuciosa certeza con que otros reconocen las huellas de los pájaros.

La causa de que yo sepa está por determinarse. Mi abuela no vio una mariposa entrar en la boca de un gato que bostezaba y no la vio salir después como por milagro. Si usted o yo creyéramos en el prodigio sería más fácil. Si viéramos señales donde hay azar sería más fácil. Si la pequeña herida que me hice cuando niña en la cabeza fuera un aviso, fuera una indicación de que yo no tengo en verdad veintiocho años sino ochenta y dos, entonces tendría motivos para saber. No tengo motivos y sin embargo yo conozco adónde van a parar los sueños que se sueñan despierto aunque a veces se tengan los ojos cerrados.

Yo sé que a nuestro modo hemos hecho un trato, señor director. A usted no le importa mi conocimiento; además, esta carta excede en extensión el límite tolerable. Usted me lee porque le dije que quiero dimitir de un amor y por la extraña vía a través de la cual le llegan mis palabras. Usted tal vez espera encontrar aquí eso que llaman el interés humano, un plato con las perlas de mis dientes, medias negras o advertir que podía excitar a aquel hombre hasta el delirio cuando empecé a quitarle el reloj de muñeca. Usted no quiere lo que yo sé sino el temblor, porque somos iguales: dos breves basamentos de huesos y de carne bajo la gran columna secreta de los sueños.

Usted quiere el temblor para sus sueños y yo he de darle el temblor pero también le voy a hacer preguntas. ¿Qué me dice, pongamos, de la papiroflexia?

A lo mejor usted pasó por un escaparate en donde había un manual de papiroflexia. Y se vio comprándolo. Y se vio convertido en una de esas personas que poseen el arte y la habilidad de dar a un trozo de papel la figura de determinados objetos o seres. O acaso usted una buena mañana decidiera aprenderse los nombres de las plantas, las formas de las hojas de los árboles. Algunos lo consiguen.

Algunos se convierten en hombres y mujeres serenísimos. Algunos, pero ni usted ni yo, ni el que hace no más de cuarenta minutos puso aquel tono frío en el teléfono. No compre el manual o el libro de botánica. Confórmese con conocer los rudimentos del barco de papel y que los abetos tienen hojas aciculares. No llegará más lejos. Hace tiempo que hemos iniciado un camino sin esperanza.

Usted no lo cree, señor director. Esta querella mía con el hombre que amo me vuelve inoportuna, piensa, temeraria. Yo a usted apenas le conozco y sin embargo: no compre el manual. No le están destinadas las dobleces en el papel para hacer que semeje un ave zancuda y mueva las alas.

Otros sueños, providenciales, fragorosos, baten ahora contra el ventanal de aquel hotel donde el deseo habría de salvarnos a usted, y a mí, y al hombre del teléfono y a todos los que se desviven en la noche y entonces dan la vuelta a la almohada: este suave frescor en la mejilla duele sin querer. Son los sueños de todos los que en la noche calladamente decimos soledad, literatura, deseo, decimos hijos, decimos admiración y vanidad, melancolía, decimos haber podido ser y no haber sido, decimos secreto.

Ahora debo terminar la carta. Va a haber otras. Le contaré del día en que le vi mirarme. Yo no había llegado aún pero sí había llegado en realidad, estaba en un rincón de la cafetería hablando por teléfono. Salí de atrás, del fondo, vi cómo él miraba hacia fuera, le vi esperarme, tenso, y supe que iba a necesitar esa tensión, tocarla, ser tocada por esa tensión aunque así traicionaba la confianza que otros habían depositado en mí.

Entretanto le pido que me recuerde a veces. No a lo largo del día. No cuando toma café, llama por teléfono o trabaja, o mira una película. No a lo largo del día sino en las rendijas de las ventanas y las puertas que no cierran bien quiero que me recuerde. Por donde pasa el aire. Por donde, a veces, se filtra un viento desapacible y usted lo advierte, y no hay nadie a su lado, y entonces usted siente el deseo de dar esquinazo a las cosas. De soltar lastre e irse, como si se pudiera.

Le saluda con cautela,

Laura Bahía

2

Laura había estado comprando fruta. No tuvo tiempo de guardarla porque cuando abrió la puerta sonaba el teléfono y era la voz de Agustín Sedal que le decía:

–Pablo estará esperándote a las ocho menos cuarto en la parada de autobús, como dijimos.

Laura buscó en su armario sus dos únicas prendas elegantes y se decidió por un vestido aterciopelado verde oscuro. Peinó su pelo enmarañado, se puso medias, zapatos con un ligero tacón. No tenía abrigos de vestir y acudió a una especie de capa color marfil de segunda mano pero que lavada parecía una prenda exquisita. En el metro dos mujeres sentadas frente a ella la miraron casi con lástima, como a una Cenicienta sin carroza. Ella escondió los ojos fingiendo timidez. Subió deprisa las escaleras. Cruzó la Castellana. Allí estaba la parada de autobús y detrás el edificio del banco. Pablo llegó a la vez que ella. Se conocían de la embajada pero casi no hablaron. Pablo le dio un sobre y sólo dijo:

–Apúrate, es importante que no llegues tarde, no tienen que sospechar que sólo a última hora pudimos conseguir la invitación.

Laura pasó por el detector de metales, aguardó cinco minutos y un hombre uniformado se acercó a buscarla. El banco presentaba las últimas adquisiciones de su colección de arte, con varios pintores norteamericanos. Laura se preocupó al ver que era la más joven de los asistentes. Se acercó a un grupo de periodistas y cuando uno de ellos le preguntó de qué medio era notó una mano en su codo. Philip Hull se dirigió al grupo y dijo con naturalidad:

–Me llevo a Laura un momento.

Hull la condujo a un ala medio vacía:

–No voy a preguntarte si te interesan nuestros pintores –dijo.

–¿A ti te interesan? –preguntó Laura asumiendo el tuteo.

–Me interesa el banco –dijo Hull. Después puso una sonrisa encantadora y añadió–: ¿Hasta cuándo va a durar esto?

–Quién sabe –dijo Laura.

En ese instante, sin haberlo pensado apenas, Philip Hull adelantó de nuevo su brazo hasta el codo de Laura y echó a andar a su lado:

–No tengo mucho tiempo –dijo–. Me relevarán pronto, como es posible que ya sepas. No quiero jugar.

–Yo tampoco –dijo Laura.

–Entonces llámame mañana a la embajada y te daré una cita.

–Dámela ahora –dijo Laura.

–¿Sin agenda? –se rió Hull–. De acuerdo. Hoy es viernes, el lunes diecisiete a las seis y media en la esquina de la Castellana con Martínez Campos.

–Gracias.

Laura abandonó el lugar minutos después.

El lunes Philip Hull se quedó en la cama. Se le habían acumulado varias noches de insomnio, malestar de estómago, inquietud, un dolor de muelas. Necesitaba descansar. Lo decidió mientras oía el zumbido a las siete de la mañana: no se levantaría. A las nueve y media sonó el teléfono; Hull lo dejó sonar. A las diez menos cuarto le pareció distinguir la sintonía de su teléfono móvil. Se despertó de nuevo pasadas las once. Como si fuera domingo, después de ducharse y desayunar bajó al quiosco por la prensa. Al volver, forzando un poco la voz, llamó a la embajada. No se encontraba bien, había tenido un cólico que le había impedido dormir. Sólo por la mañana había logrado entrar en un sopor profundo. Bush, le dijeron, acaba de dar el ultimátum de cuarenta y ocho horas a Sadam Husein. Estados Unidos estaba en alerta roja ante posibles atentados terroristas. Hull aseguró que iría a la embajada lo antes posible. Pero durante un rato siguió sentado a la mesa de la cocina. ¿Dónde estaría la chica en ese momento?, se sorprendió pensando.

Hull no había practicado casi nunca la obediencia debida sino la obediencia medida, como le gustaba decir. Había querido hacerse una carrera pero manteniendo, al mismo tiempo, cierta libertad. La libertad de ser dueño de una historia. Y en eso consistía para él la obediencia medida, ser fiel a sus criterios, que su peregrinaje por países fuera dibujando un camino y acaso una figura, suyos ambos, camino y figura, suyos y en cierta medida diferentes de los que habría dibujado otro en su puesto. Pero con el tiempo esa figura le parecía el paradigma de la indefinición. Cuando se preguntaba qué había sido lo singular, lo diferente, no veía nada: pequeñas acciones, pequeños gestos de comprensión, mínimos, borrosos, seguramente inútiles. Después de casi treinta años de carrera sólo un hecho íntimo volvía a veces a su recuerdo con nitidez, con la nitidez suficiente como para poder avergonzarse: las semanas en que casi empujó a su mujer a los brazos del consejero político brasileño porque había advertido la atracción entre ambos y no quiso pelear, y prefirió imaginarse solo y se dijo: los lobos de mar, los viejos capitanes, no tienen esposas.

En cuanto a desobedecer, en una ocasión había sentido la tentación de hacerlo. Acaso no era poco, tenía amigos de la época de la universidad trabajando en la IBM, en una consultora, en varios trabajos diferentes y le constaba que nunca, nunca jamás, habían sentido la tentación real de hacer algo prohibido, de actuar en contra de los intereses de sus empresas, de cometer una infracción que fuera más allá de las pequeñas ilegalidades consentidas y a menudo estimuladas. Él en cambio una vez había llegado a imaginar lo que significaría quedarse fuera. Y no lo había imaginado en la fantasía sino en la hora del peligro, en los sesenta minutos que duró su vacilación.

Pero tal vez no fueron sesenta sino trescientos minutos, o acaso cinco. En realidad, si era honesto Hull debía reconocer que el tiempo de duda, de duda real, no se había prolongado más allá de los cinco minutos. Sin embargo esos cinco minutos habían estado a punto de cortarle en dos. La chica se llamaba Adriana, él llevaba dos años separado de su mujer, todos pensaron que había sido un asunto de faldas y él dejó que lo pensaran, dejó que creyeran que habría podido tirar por la borda su carrera por una mujer y jamás confesó que había sido a la inversa. Fue la tentación de cambiar de bando lo que le hizo buscar a la mujer. Habían pasado catorce años desde el episodio de

Nicaragua, ahora estaba llegando al final de su carrera en una esquina de Europa, en un país como desprendido del mapa. Ahora ya era tarde para casi todo pero se dijo que tal vez Laura Bahía pudiera ser su despeñadero, ni siquiera pensaba especialmente en el sexo, pensaba en poder cerrar los ojos y decir: yo lo viví, yo estuve en medio de las llamas y supe no hacer daño, supe decir lo justo y bajar por el río en la barcaza.

Aquél estaba siendo un día como otro cualquiera en la asesoría fiscal, igual de cansado. En cierto modo Laura prefería su vida laboral cuando era becaria, sólo en cierto modo porque entonces le agobiaba la falta de dinero. Pero como becaria trataba con clientes que vivían más o menos al día y que se acercaban a su mesa para preguntar sin rodeos si con ese sueldo podrían pagar menos a Hacienda. Ahora Laura estaba obligada a tratar con otro tipo de clientes. Su jefa trataba con ellos, en realidad; a su mesa llegaban después y no para hablar sino para terminar de resolver asuntos concretos. Lo malo era que sí hablaban. Casi siempre por sus teléfonos móviles, y también con ella. Laura tenía que oír esas voces seguras, voces que a veces parecían perder pie por una risa demasiado estridente o por un reproche formulado con excesiva agresividad pero nunca, nunca, por el temblor. Esas voces no temblaban, no había en ellas agua, sombra, cavidades. Eran voces opacas, revestidas mil veces como cámaras acorazadas. Poco antes del mediodía, una de las voces preguntó a Laura en dónde había nacido.

–En Cuba –contestó, porque también le pagaban por estar ahí delante y contestar.

La voz pertenecía a una mujer de cuarenta y tres años.

Laura sabía muchas cosas de ella: cuánto ganaba al mes en el estudio de arquitectura donde trabajaba, cuánto ingresaba por extras injustificables, a cuánto ascendían sus gastos de teléfono, los recibos de la comunidad, la plaza de garaje, la financiación innecesaria pero rentable del coche nuevo.

–¿Y has vivido ahí? –dijo la arquitecta.

–Diecinueve años.

La voz revestida y opaca de la mujer mezcló la lástima con el escándalo mientras replicaba:

–Debió de ser duro, sobre todo para tus padres. Tantos años de dictadura. Porque ya se sabe, dictaduras de izquierdas, de derechas, son todas iguales.

Laura miró los ojos acorazados de la mujer.

–¡Mi coche! –exclamó ella, y Laura oyó los bocinazos en la calle.

Terminó de apuntar los papeles que la arquitecta debía hacerles llegar y le dio la nota. La mujer se había puesto el abrigo mientras miraba por la ventana. Se despidió olvidando en un instante los diecinueve años de dictadura.

Un compañero se acercó a Laura para pedirle grapas. También le dijo:

–Acaban de anunciarlo en la radio. El secretario de Naciones Unidas confirma que los inspectores y el resto del personal de la ONU abandona Irak. Empieza la cuenta atrás.

Por la tarde, Laura llegó puntual a la esquina de Martínez Campos. Hull apareció enseguida y echó a andar casi sin saludarla. Le dijo que irían al bar de un hotel cercano, que le siguiera. En la recepción del hotel saludaron al agregado con familiaridad. No había nadie en el bar. Se sentaron en dos butacas amplias, tapizadas, formales, frente a una mesa baja de cristal.

El camarero también parecía conocer al agregado. Preguntó sólo a Laura qué iba a tomar y cruzó una mirada de entendimiento con Hull. Cuando se fue, Hull dijo:

–Me estáis provocando. No sé por qué. Hasta ahora has sido educada y se me ocurrió que a lo mejor podíamos llegar a un acuerdo. Tú me dices lo que quieres y yo te digo a mi vez lo que quiero.

–Quiero aprender –dijo Laura.

Hull se sorprendió. Había tenido la tentación de marcharse, se había sentido incómodo desde el momento en que vio a la chica y había dado para sus adentros la razón a Marian Wilson, debía haber encargado la tarea a un subalterno. Sin embargo ahora esas dos palabras le hacían gracia. También, era consciente pero de qué servía serlo, le halagaban.

–¿Inglés? –dijo para rebajar el envite de Laura. En ese momento los dos rieron y fue como si hubieran establecido una alianza aun en contra de su voluntad.

Laura Bahía miró al agregado. Se peinaba sin raya y en la cabeza se le formaban dos pequeños caminos, fruto de la distribución del pelo o tal vez de una calvicie incipiente. Dos tramos de cuero cabelludo al descubierto, desnudo, hicieron a Laura consciente de que también estaba hablando con un cuerpo.

–Quiero aprender diplomacia –dijo.

–Permíteme que lo dude. Arte de conducir las relaciones oficiales entre los estados, lo sabes, ¿no? Pero a ti parece que te interesan más las relaciones extraoficiales, digamos encubiertas. –Hull dejó sobre la mesa dinero para los cafés. Con un tono que quiso fuera de cansancio, dijo–: Ahora, sin mentir, dime qué buscáis, qué buscan a través de ti.

Laura claro que iba a mentir pero, pensaba, hay condiciones imposibles, condiciones que es inútil poner al otro.

–Buscamos un intermediario –dijo. Sin saber bien por qué, miró hacia otro lado al añadir–: Cuando te vi en el autobús me quedé de piedra. Suponíamos que enviarían a un asistente cualquiera. Yo debía hacer que esa persona me guiara hasta ti.

–¿Por qué así? ¿Por qué no habéis actuado de forma abierta?

–Oficialmente no hemos actuado. Oficialmente sólo soy una chica demasiado joven y demasiado individualista que tiene cariño y visita a menudo en la embajada a un viejo amigo de sus padres –dijo Laura.

Hull se fijó en sus pómulos, en cómo se extendían hacia los ojos sin una arruga. Era en efecto una chica mucho más joven que él, pero al mismo tiempo no lo parecía, quizás porque los veintiocho años estaban ya muy cerca de los treinta, o tal vez sólo porque en sus gestos faltaba esa precipitación que separa las manos de los ojos, las piernas de la cara en la juventud. Philip Hull supo que volvería a verla. Se dijo que no estaba siendo imprudente, se dijo que incluso podía estar jugando una buena carta, podía haber dado con algo de valor después de todo.

–Ahora tengo prisa –dijo–. Si quieres que volvamos a vernos, tienes que darme garantías.

–Jorge Salinas –dijo Laura.

Hull tenía información sobre Salinas, sabía que dentro de la facción más dura del régimen cubano había sectores enfrentados y que Salinas estaba en uno de esos sectores.

–Es sólo un nombre –dijo.

–Antes de seguir hablando yo también necesito garantías.

–Qué clase de garantías.

–Podría ser que hubiera un grupo dentro del Partido. Podría ser que tuviera un proyecto que quisiera llevar a cabo desde dentro. No con recogidas de firmas ni nada parecido sino hablando y convenciendo a algunas personas. Podría ser que necesitara ayuda. Podría ser que alguien con un perfil como el tuyo estuviera dispuesto a escuchar sin dar parte. Sin que haya posibilidad de que en Miami lo sepan y, por tanto, también lo sepa el Partido.

–Tenemos la guerra en medio. Es una extraña historia esa que dices. No te prometo nada –dijo Hull–. Y ahora mi garantía: si de verdad Salinas está en esto quiero el nombre de dos de vuestros infiltrados en Miami.

–Lo consultaré.

–Me marcho –dijo Hull levantándose–. El próximo lunes, a las siete y media de la tarde, en la plaza de Colón.

Sin moverse de la silla, sin apenas levantar la cabeza sino sólo los ojos hacia Hull, Laura dijo:

–Hasta el próximo lunes. Es mejor que ahora yo me quede aquí.

No había sillas libres, pero un mentón y una mirada le indicaron la presencia de un pequeño taburete en una esquina. Laura se sentó sin atender al contenido de la reunión. Había tenido que meterse en el metro y volver a salir subiendo y bajando escaleras a toda velocidad, casi como en una película. Porque de nuevo la seguían y ahora se trataba de alguien más experto que el primer hombre. Todavía respiraba agitada, pero al menos estaba segura de haberle dejado atrás. Esta vez no quería servir a nadie en bandeja la dirección del grupo. Intermitencia no era como el grupo portugués. No estaba fichado, no hacía comunicados, no existía como grupo sino sólo cuando sus elementos se reunían o actuaban, de tal manera que al separarse, como si el oxígeno se separase del hidrógeno, el grupo, el agua, desaparecía.

Laura levantó los ojos. Un chico joven de pelo muy corto estaba proponiendo una acción en su facultad. Laura no quiso escuchar. Si no formara parte de la comisión, si su vida fuera la de una joven cualquiera, tal vez habría elegido integrarse en un proyecto como aquél. Pero formaba parte y sólo había acudido para continuar despertando las sospechas de la embajada, para dejar caer información con que confundirlos. El chico había terminado. Los asistentes se miraron entre sí. Una mujer de alrededor de treinta años tomó la palabra para hablar de la invasión de Irak.

¿De quién sería la casa en dónde estaban? Apenas había rasgos distintivos, sólo sillas varias, un sofá gris, una lámpara de porcelana. Laura buscó la pared y apoyó la espalda, relajada. Había cumplido su misión aquel día, había sido seguida, tenía algo con que presentarse el lunes siguiente ante el agregado.

Hull encontró la nota en su mesa. En Cuba habían detenido a treinta y dos opositores al régimen. Se creía que los nombres de los opositores los habían facilitado agentes infiltrados y se temía que hubiera más detenciones. Hull pensó que todo se complicaba. Le habría gustado ir a ver a Arrieta pero esa tarde un joven diplomático del *staff* de Hull daba una fiesta en su casa para presentar a su futura esposa.

La casa no era muy amplia, había gente en todas las habitaciones. Hull entró en lo que parecía un cuarto de invitados. Estaba vacío. Hull subió la persiana. Era un octavo piso. Miraba las luces pequeñas de los coches, las farolas de la M-30 cuando olió el tabaco rubio que fumaba Wilson. Se dio la vuelta. En la entrada del cuarto estaba ella, mirándole.

–He mandado seguir a tu cubana –dijo Marian Wilson.

–Poco te duran los favores –contestó Hull.

–La guerra va a empezar, en Cuba hacen una redada masiva contra los opositores. No pretenderás que actúe igual que hace tres días.

–Por lo menos, podías haberme avisado.

–Precisamente lo que no podía era avisarte. Podías haberte puesto tú en mi lugar. Haber venido a verme y haber revocado el favor.

Se hablaban a dos metros de distancia, iluminados sólo por la luz del pasillo y el escaso resplandor nocturno en la ventana. Hull apartó un montón de chaquetas y de abrigos, pero debajo no había una silla sino un mueble con zapatos. Se apoyó en él y con voz indiferente dijo:

–Tienes razón.

Wilson pasó al cuarto para apagar el cigarrillo. Ahora ya no les separaba más de un metro.

–No me des la razón con ese desprecio. Supongo que esperabas que transgrediera las normas por ti.

–No espero eso de nadie que trabaje en nuestra embajada –dijo Hull.

–Tu cubana, después de hablar contigo, ha seguido manteniendo contactos con grupos dudosos.

–¿Estás segura?

–Casi segura. Lo que sí sé es que logró despistar al hombre que le envié. No era un funcionario cualquiera.

Era uno de los mejores de mi equipo. Esa chica ha sido entrenada.

De pronto se encendió la luz del cuarto. Un joven español les sonrió algo turbado.

–Venía por un mechero –dijo, y estuvo revolviendo entre las chaquetas hasta encontrar uno. Al salir, se dejó la luz encendida.

Wilson abrió una silla plegada que había junto a la pared, y se sentó frente a Hull. Él la miraba ahora casi con humildad.

–Lo siento –dijo–. Siento no haberlo pensado. Esta historia me hace recordar viejos tiempos. Y no me refiero a Nicaragua. Verás: a lo mejor no he perdido todas mis oportunidades. A lo mejor todavía puedo retirarme habiendo hecho algo.

–Yo también lo siento. No me has pedido muchos favores. La verdad es que pensé que lo entenderías.

–Lo entiendo –sonrió Hull–. Sólo se me ocurre que vayamos a medias.

La luz les había cambiado a los dos y ahora volvían a ser dos cargos, dos colegas en una fiesta de otra generación.

–Te escucho –dijo Wilson.

–Parece que me buscaban a mí. Especialmente a mí, quiero decir. Supongo que hasta los errores pueden rentabilizarse en algún momento de la vida, y algo deben de saber de mis errores.

–Siempre es sospechoso cuando son ellos los que buscan.

–Nosotros también lo hemos hecho. A esta chica la envía la facción de Jorge Salinas. Me lo dijo y he podido comprobarlo.

–De acuerdo, Salinas es un tipo que nos interesa. Pero

yo tengo que informar de esto. Me dirán que me haga cargo si es que no meten a más gente. Con las detenciones, ahora ven infiltrados en todas partes.

–¿Cuánto os interesa Salinas?

–Mucho. Más que mucho. No es la primera vez que oímos su nombre mezclado en lo más parecido que pudiera haber a un motín.

–Entonces defiéndeme. Lo estudiáis, tanteáis vuestras fuentes, hacéis vuestro cálculo de probabilidades. Pero si después de todo os sigue interesando, defiéndeme. Soy un buen contacto. Esta vez no te lo pido como un favor, creo que puedo ser útil. Me quieren a mí como intermediario, no van a aceptar a terceros y menos si son de la agencia.

–«Por una vez soy útil» –imitó Wilson sonriendo–. No intentes darme lástima. Te defenderé. Pero si querían un intermediario, ¿por qué la chica sigue visitando grupos? Si las visitas eran un cebo, tú ya has picado.

–A lo mejor no eran un cebo. Es una de las cosas que hay que averiguar –dijo Hull, y le tendió la mano–. ¿Estás conmigo en esto?

–Te tendré al corriente de todo lo que pueda tenerte al corriente –dijo ella estrechándosela.

Es una forma dura de decirlo, pensó él.

Llegaron como dos duelistas. Philip Hull entró en la plaza desde la calle Serrano y Laura Bahía desde la parte baja de Jorge Juan. Se vieron a distancia aunque ya anochecía. Ambos mantuvieron el ritmo de su andar, ninguno aminoró la velocidad forzando al otro para que se aproximara, y tampoco ninguno se apresuró. Cuando se dieron alcance, vacilaron. Enseguida Laura besó al agregado en la mejilla; él la correspondió.

–El otro día me siguieron –fue lo primero que dijo Laura.

–Lo sé. ¿Nos sentamos en ese banco?

–Te había dicho que para nosotros éste es un paso peligroso. No somos todos los que estamos. Es una iniciativa diríamos por libre...

–Con la guerra y con vuestras redadas, mis movimientos han quedado muy restringidos. –Los dos se habían sentado en un banco de piedra y hablaban mirando de frente a los escasos paseantes–. Y lo estarán más si sigues provocando.

–Yo no he provocado.

–Lo has hecho. Despistaste al hombre, como si tuvieras algo que ocultar.

–Ah, eso. Me dio rabia verle ahí. Me dio rabia saber que podía despistarlo y... sí, lo hice. Agustín también me lo ha reprochado. Pero él lo entendía. No creo que tú puedas entenderlo.

–Entender el qué.

–La rabia. La rabia de ir perdiendo desde el principio, y no por jugar peor sino porque nos han dado menos cartas.

–No tengo mucho tiempo –dijo Hull.

–Claro –dijo Laura y comparó su pesado reloj de muñeca de esfera grande y gruesa, el reloj que había sido de su padre, con el pequeño reloj de Hull, de esfera dorada, ligera, con una fina correa de piel. Miró también sus viejas zapatillas de deporte negras, gastadas, la suela comida por los bordes. Al lado de los mocasines de Hull parecían pertenecer a alguien mucho más fuerte–. No aceptaremos que nos sigan –dijo Laura–. Ni a mí ni a nadie que participe en esto.

–No puedo evitarlo.

–Entonces, nos retiramos –dijo Laura, y se levantó.

De nuevo besó a Hull en la mejilla, como si se tratara de un tío suyo.

Hull dejó que se fuera. El órdago de Laura le convenía a él tanto como a ella.

A Marian Wilson no le gustaba pedir favores a sus superiores. Aun cuando no fueran, en absoluto, favores personales; aun cuando se tratara sólo de mover las normas unos centímetros para permitirle realizar mejor una tarea. Wilson prefería no tener que negociar, no deber nada. Pero al fin sabía que a sus superiores, en cambio, les gustaba tenerla en deuda. Cada favor, cada mínima excepción era poder que ellos acumulaban, era la posibilidad de exigirle o echarle en cara algo. Por eso solían jalear lo que ellos llamaban la iniciativa. Y así tampoco tuvo que violentarse demasiado, ni pudo con sinceridad culpar a Hull de esa pequeña dejación de sus costumbres. Si no hubiera sido por él, tarde o temprano habría tenido que encontrar o bien agrandar una razón para pedir, para que sus jefes vieran que se arriesgaba, que no tenía mentalidad de ahorradora cubriéndose siempre las espaldas.

Norman Carter escuchó la crónica de Wilson sin hacer preguntas. Después dijo:

–En este momento, las detenciones de los opositores nos están perjudicando mucho. Cuatro europeos o cuatrocientos escribiendo a favor de la libertad de expresión no solucionan nada, y lo cierto es que en la isla ahora vamos a tener que empezar otra vez casi desde el principio. Es un trabajo lento y fatigoso. Lo que me cuentas parece un regalo caído del cielo, y eso es lo que me preocupa.

Wilson, la cara entre las manos, asentía con calma.

–A mí también me preocupa, nunca daríamos un paso que nos comprometiera.

–Castro tiene infiltrados por todas partes. Si pensábamos que tenía mil, ahora estamos empezando a pensar que tiene –Norman Carter pareció buscar una cifra en el aire con la mano– ...más –se limitó a decir–.

–Pero sabemos que hay tensiones dentro. Llevamos más de un año detrás del grupo de Jorge Salinas. Recuerda que hace dos meses hicimos una gestión, una oferta económica. Los sobornos siempre son lentos.

–Sin duda. No perdemos nada por dejar de seguir a la chica durante, digamos, dos semanas. Hasta que sepamos qué quieren, o cuánto quieren –Carter sonrió–. No seguirla no significa renunciar a investigarla, por supuesto. ¿Tienes ya suficientes informes?

–Nunca son suficientes. Aunque no parece haber nada raro. Los tienes en la carpeta.

–¿Qué me dices de Hull? Por lo que sé, ha dado demasiados bandazos.

–Precisamente por eso le han buscado. Creen que tiene el corazón dividido y que pueden fiarse de él.

–¿Cómo fiarse?

–Al parecer, le han pedido que no prometa lo que no pueda cumplir.

–Ya. ¿Y lo tiene dividido? No creo que pueda jugárnosla, pero me molestaría que se le ocurriera jugársela él solito, ya sabes, uno de esos gestos impulsivos y estúpidos que expanden la estupidez a todos los que están cerca.

–El trato es no vigilar a la chica. En cuanto a Hull, yo no he dicho nada.

El lunes siguiente Laura eligió el sitio. Envió por correo una carta al domicilio particular del agregado con la dirección, la hora y el nombre de la cafetería donde habrían de verse. Luque, un local anodino y viejo, sillones de skay, dibujos de platos combinados en las paredes.

Laura llegó primero y pasó al fondo a llamar por teléfono. Cuando salió, vio que Hull la esperaba de pie junto a una mesa vacía, mirando hacia la entrada, inerme como cualquiera que está siendo observado y no lo sabe, inerme y sin embargo endurecido, tenso. Laura habría querido salir y volver a entrar, pero sólo había un pasillo entre la barra y las mesas. Rozó con su mano el brazo de Hull. El agregado simuló no sorprenderse. Se sentaron sin besarse.

–Tengo las manos libres durante dos semanas –dijo Hull–. Y tú, ¿tienes los nombres de los infiltrados?

–No, no te los daremos. No somos traidores.

–Me lo pones difícil.

–Tengo un dato –dijo Laura–. Hace dos horas han secuestrado un avión. Hacía la ruta Isla de la Juventud-La Habana. Al parecer el secuestrador amenaza con hacer estallar una granada si no le proporcionan combustible para llegar a los Estados Unidos. Tiene cuarenta y seis rehenes.

–¿Quieres decir que sabíais que lo iban a secuestrar?

–No. –Laura buscó con insistencia los ojos del agregado–. Quiero decir que en este momento muy pocas personas saben que ha ocurrido. Y una de esas personas es Jorge Salinas.

–Es poco –dijo Hull.

–No daremos ninguna información que pueda hacer daño.

–Y si no llegan a secuestrar el avión, ¿cuál habría sido tu garantía?

–Ninguna. Te habría contado lo que queremos. Si os

interesa bien, y si no, adiós. Tal vez sea lo mejor, con todo lo que está pasando.

Golpes de platos contra cubiertos, voces, el vapor a presión en la máquina de café, una televisión encendida en las alturas. Laura y el agregado apenas podían oírse, pero ninguno quería subir la voz.

–¿Tenemos que quedarnos en este sitio?

Laura asintió.

–Entonces acércate y dime qué queréis.

La cara de Laura estaba tan cerca ahora. Philip Hull pensó que podría cogerla entre sus manos sólo para que ella sintiera el tacto, la firmeza, la osadía. Laura empezó a hablar.

–Proyecto repliegue, éste es el nombre. Algunos prefieren comisión suicidio. Algunos, y algunas, quizás piensen que no sería una táctica socialista resistir en condiciones tales que sólo cumplan una función negativa, que sólo favorezcan a quienes están interesados en pensar y hacer pensar que el socialismo no es posible.

Hull dejó de mirar los ojos castaños tiznados de minúsculas manchas verdes. Sería curioso que hubiera algo de verdad en lo que estaba oyendo. Sería extraordinario que precisamente él hubiera ido a dar con algo así.

–¿Una perestroika? –dijo para provocarla.

–No. No convertirse en otra cosa sino dejar, temporalmente, de existir.

–Eso hicieron los rusos.

–Los rusos –dijo Laura– se convirtieron en otra cosa. De algún modo dijeron: la revolución no sirve, hagamos otra política. Nosotros claro que sabemos que hay cosas de la revolución que están mal. Nosotros nunca defendimos que pudiera existir un cielo, ni católico ni comunista. Pero no abandonaríamos por eso. No convertiríamos la revolución en otra cosa sino que nos retiraríamos.

–¿Cómo?

–Como un suicidio. Una muerte rápida y consciente, sólo que temporal. Decir a los pueblos que lo intentamos. Decir que conseguimos lo que pudimos, y lo que no pudimos, aun contando con los errores, tal vez lo consigamos en el futuro, cuando seamos más.

–¿Trotskistas en el Partido Comunista Cubano? ¿La imposibilidad del socialismo en un solo país?

–No.

–Es lo que parece.

–Se trata de elegir no jugar. Si la partida se da en tales condiciones que una de las partes está condenada de antemano, entonces que esa parte no juegue. No juegues, y espera y trabaja para que llegue el momento en que puedas jugar al menos con el mismo número de cartas que el contrario.

–Sigo sin entender cómo lo haríais.

Laura miró a aquel hombre de cara amplia que le hablaba de Trotski y había nacido en Maryland. Entender, ¿cuánto podía entender de lo que ella le estaba diciendo? Sentía cierta atracción y quizás no fuera solamente la piel cuando reconoce otra piel cercana y accesible. ¿Qué otra cosa, entonces? Tal vez, se dijo, su propia y menuda y oculta desesperación.

–No queremos –dijo Laura– que digan que el tren descarriló. Lo que pasa en Cuba no es un descarrilamiento. Es que nos están presionando para que descarrilemos desde hace más de cuarenta años.

–Espera, espera –le interrumpió Hull–. ¿Entonces es esa cantinela de que toda la culpa la tiene el bloqueo?

–El bloqueo, el exilio más duro de Miami, tal vez habríamos salido adelante a pesar de ellos. Pero no es sólo eso, aunque eso sea tanto. A principios de los noventa jamás lo habríamos dicho. Entonces resistir tenía sentido. Ahora también, pero...

–Si os suicidáis ahora, dirán que sólo ha sido una perestroika tardía.

–No lo dirían si lo hiciéramos bien. Si pudiéramos hacerlo bien.

–¿Conservando algunas de vuestras conquistas, salud, educación? –preguntó Hull.

–No, no. Eso no es morir. Eso es sobrevivir aceptando creer en el absurdo, creer que puede haber un capitalismo mejor que otro.

–¿No estarás hablando de mataros físicamente, toda la isla, como una secta?

–Claro que no.

Laura miró a Hull y en ese momento lo supo. Que se besarían. Tarde o temprano. Que estarían desnudos y solos tarde o temprano.

–¿A qué te refieres entonces con «hacerlo bien»?

–Llegar a estar todos de acuerdo. Hacer una declaración y hacer que el tren se pare, y espere, espere hasta que un cambio en las condiciones le permitan volver a ponerse en marcha. Y replegarnos, a nuestras casas, a nuestros trabajos. Vivir sabiendo que no es esto, aguardar a que el capitalismo se ahorque con su propia cuerda. Nosotros le daremos la cuerda y esperaremos.

Hull notaba que Laura, aun mirándole, no le miraba. Sólo miraba y veía ese tren parado y tal vez lluvia, y frío. Él sí la veía. Su mirada descendió desde los ojos de Laura hasta el mentón y el cuello que se hacía carne en el triángulo de la camisa entreabierta. No la estaba imaginando; la estaba viendo sin ropa, frágil pero magnífica, y tan cercana. Entonces deseó que le viera a él. Deseó no tener que mentir aparentando ser más poderoso y más conservador de lo que era, y no tener tampoco que fingir un idealismo que ya había perdido. Deseó que le viera a él, al hombre individualista, escéptico y a veces generoso, deseó que le tocara.

–¿Tú crees todo esto que me estás diciendo?

–Yo soy la mensajera –dijo Laura–. Lo que yo creo da igual.

–¿Qué queréis?

–Dinero.

–Cuánto.

–Tres millones de dólares. La misma cantidad que vais a entregar al proyecto de transición para Cuba de la Universidad de Miami.

–Una bonita historia. Y difícil de creer –dijo Hull–. Tres millones. No sé qué dirán. Lo único que sé es que no somos las hermanitas de la caridad. Hay un control muy estricto de los gastos. Estas cosas son lentas.

–«Esta cosa» no puede ser lenta –dijo Laura–. Los que lo defienden quieren seguridad y medios para convencer al resto.

–En cualquier caso, necesito un informe. Quiero saber exactamente en qué lo usaríais y quiero una copia de esa posible declaración. ¿Podrás traerlo el jueves?

–Creo que sí.

Se levantaron a la vez, cautos los cuerpos, sin que hubiera el mínimo roce de una mano, una pierna, una manga siquiera. Cautos los cuerpos y en los diez rígidos centímetros de separación todo el deseo.

El martes Hull se quedó trabajando hasta tarde. La guerra estaba provocando una acumulación de carpetas con asuntos pendientes y le producía una suerte de calma empezar a cerrarlas, responder los correos, dar el visto bueno o denegarlo mientras, como si fuera una cualidad del aire, percibía que la embajada se iba vaciando, esa mezcla de ecos de pasos, bajas en el tablero de luces de la fachada y teléfonos que ya nadie descolgaba. A las nueve y media él también apagó su despacho, cruzó unas dependencias solitarias, salió a la noche y echó a andar.

En Madrid Hull había tenido una amante. Sólo una, aun cuando sus colegas y él mismo jugaran a insinuar un historial de múltiples relaciones en cada destino. Hull la llamaba para sus adentros su amante porque era una mujer casada, si bien cuando ambos empezaron a verse ella se estaba separando. Era casi tan joven como Laura. Tenía treinta y un años. Claro que entonces Hull tenía algunos años menos. Su relación duró dos años y medio. Hacía más de un año que no se veían. Ahora ella tendría treinta y cuatro, tal vez treinta y cinco. Siete más que Laura, se dijo Hull. Se llamaba Ivana y trabajaba en la radio. La había conocido en un encuentro con los medios de comunicación sobre las elecciones en Estados Unidos. Hull recordaba la sensación de echarla de menos, se recordaba a sí mismo en la embajada imaginando que iba a su casa y encontraba a Ivana descalza oyendo música mientras se preparaba la cena. Más de una vez lo había hecho. La casa de Ivana estaba cerca de Atocha, en una calle estrecha de nombre todavía insólito para Hull, Amor de Dios.

Hull no quería ver a Ivana ahora, a lo mejor le habría divertido jugar a esa canción española de título *Pasaba por aquí,* llamarla desde una cabina cercana y saludarla. Pero en realidad ni siquiera quería eso. Probablemente Ivana estuviera casada o al menos con otra pareja, acaso embarazada. No quería verla, sólo quería verse a sí mismo cuando iba a visitarla y por eso paró un taxi y le dio la dirección de la calle Amor de Dios, aun cuando recordara borrosamente que, después de dejarlo, una vez ella le dijo que iba a mudarse.

Registró entonces Hull un movimiento brusco, tal vez una caída o una carrera, pero apenas hizo caso. Fue el taxista quien unos minutos después dijo:

–¡Pasa, gilipollas! Y si no, quítame el morro de encima de una vez. Pues no, no pasa.

Hull miró hacia atrás y sólo vio un taxi que se cambiaba de carril.

Cuando ya iban a entrar en Amor de Dios, el taxista pitó e insultó esta vez a un coche que le impedía hacer bien el giro. No era un coche, era un taxi, era el mismo taxi, y Hull dijo:

–Discúlpeme, no me voy a quedar en esta calle, he olvidado algo. Lléveme a General Arrando.

El taxista le miró un segundo y murmuró algo que Hull no alcanzó a oír. ¿Le seguían los cubanos, le seguía Marian Wilson, le seguían los superiores de Wilson sin haber contado con ella? El taxista vio por el retrovisor la expresión abstraída de Hull y emitió un gruñido, pero ahora la cara de Hull parecía irritada, casi furiosa mientras Hull pensaba que su capricho adolescente habría podido comprometer a Ivana o a los desconocidos que vivieran en su piso, que hasta su gesto de regresar a casa podía resultar contraproducente para él, para la operación, para los cubanos si es que no eran ellos los que le seguían.

El miércoles, Laura y Agustín Sedal terminaban de redactar el informe para Hull cuando apareció Carlos Osorio, quien acababa de llegar de Bruselas. Entró sin llamar. Pensaban que sería alguien de la empresa que les cedía el local y, al verlo, se sobresaltaron. Osorio les contó que esa madrugada habían secuestrado una lancha con cuarenta pasajeros, algunos, niños. Parecía que el secuestro se iba a saldar sin víctimas, pero Osorio había oído que estaba considerándose la posibilidad de pedir para los secuestradores la pena de muerte. Además, ya se sabía que las peticiones fiscales para los disidentes mercenarios encarcelados eran singularmente altas.

Después, Osorio dijo:

–A veces no basta con tener razón.

Agustín y Laura lo miraron. Osorio era un hombre de cincuenta y tantos años, con el pelo gris extremadamente corto. Era de los que nunca dudaban, ni siquiera por un exceso de convencimiento sino más bien debido a un rasgo de carácter, como no duda por lo general mientras baila aquel a quien le gusta bailar. Y ahí estaba ahora, desconcertado, como perdido en medio de la habitación.

–Vamos, Carlos, siéntate.

Carlos lo hizo y siguió hablando:

–He tenido tiempo de acostumbrarme a todo lo que dicen de nosotros, y a lo que seguirán diciendo. He tenido tiempo de acostumbrarme a nuestros errores, que no son pocos. A todo me he acostumbrado, pero lo que yo no esperaba, lo que ha aparecido de repente y no voy a ser capaz de soportarlo, son los sueños, mis jodidos sueños.

–El tiempo todo lo cura, dicen –dijo Sedal.

–Los sueños no. Una vez que aparecen ya tú no te libras, no puedes volver a guardarlos en dondequiera que estuviesen. Porque en algún sitio estaban y yo no lo sabía. Intento que vuelvan a ese sitio. Es inútil. ¿Tú me entiendes? No caben. Las puertas no cierran. Cuando menos lo espero me sorprendo pensando en lo que yo haría si tuviera a mi cargo un programa de investigación alimentaria con fondos suficientes. Y no me pregunto quién pondría esos fondos.

–Venga, Carlos –dijo Sedal–, estos días están siendo duros. ¿Crees que los demás no tenemos esa clase de fantasías?

–No lo sé. ¿Tú las has tenido?

–Y mucho más zonzas. Me he imaginado dando conferencias sobre la legitimidad del poder político en Europa. Me he imaginado en Ginebra, con mi mujer, viviendo en un hotel y paseando todas las mañanas por el campo después de uno de esos desayunos continentales, tal vez con un carro pequeño.

Laura sabía que de algún modo no era su turno. No debía participar en la conversación. Porque ellos imaginaban lo que no harían. Aunque Osorio aún tenía edad para aceptar una oferta de cualquier universidad extranjera, la balanza de los años pesaría más, Laura casi podía poner la mano en el fuego. En cambio ella todavía podía ser otras Lauras. Si las cosas cambiaban en Cuba dentro de cinco años, a nadie le importaría demasiado, ni siquiera a ella, su pasado comunista y podría tener otra vida. Otra vida sucesiva.

–Tantos años –dijo Osorio– y lo que hemos aprendido es que la fuerza vence a la razón.

–No es poco –dijo Sedal.

–Es algo que sabíamos antes de empezar.

–Las cosas no se saben hasta que se hacen.

–Me parece –dijo Osorio recomponiéndose, con la voz más firme y un cuerpo que ya no se abandonaba sobre la silla– que este proyecto suicidio está demasiado cerca.

–¿Demasiado cerca? –Pero Sedal en realidad no preguntaba.

–Demasiado cerca de lo que algunos, a veces, hemos pensado.

–Así deben ser las tapaderas.

–Exacto –dijo Osorio, y sacó unos papeles–. Aquí tienen la declaración que me habían pedido. No se la den ahora. –Se dirigió sólo a Laura–. Tú debes saber que existe y que él sepa que tú lo sabes. Pero no se la darás hasta que tengamos el dinero.

Sedal tomó la declaración y empezó a leerla. Osorio volvió a perder pie.

–Ahora no, ya la verás más tarde –dijo, y luego–: Me han dicho que aquí en España había un juego que empezaba así: De La Habana ha venido un barco cargado de caballos...

–Catalejos –dijo Laura.

–Campanas –dijo Sedal.

–Hacia La Habana ha partido un barco cargado de... –dijo Osorio.

–Computadoras –dijo Agustín Sedal

Los dos miraron a Laura.

–¿Es para eso? –preguntó ella.

–Sí. Entre dos y tres mil equipos de varias clases.

–Pero... –empezó Laura.

–Pero nosotros podríamos comprarlos. Es lo que ibas a decir, ¿verdad? –dijo Sedal.

Laura asintió.

–Es verdad –dijo Osorio–. Podríamos. Sin embargo no se trata sólo de poder. Se trata de que los paguen ellos.

–Hace dos meses una funcionaria de inteligencia movió sus fichas –dijo Sedal–. Se acercó a mi gente para sobornarla. No es la primera vez. Llevan años aprovechándose de nuestras dificultades, son rastreros. Porque es rastrero sobornar al que no tiene.

–No se trata de echar toda la culpa a los americanos –dijo Osorio–. Algo no hemos hecho bien para que haya gente en Cuba que se deje comprar por una computadora portátil y dos linternicas. Pero es rastrero por parte de los grandes paladines de la libertad. Es mezquino aprovecharse de las carencias. Comprar a las personas con una grabadora, un fax y tres latas de melocotón en almíbar.

–Habría sido una idea, ¿eh, Carlos? –dijo Sedal–. Inundar la isla de melocotón en almíbar, miles de latas, cientos de miles, cientos de millones. Pero a nosotros no nos ofrecían latas de melocotón. Nos ofrecían cuentas con dinero para otra vida. Y ya está bien. Ya está bien. Vamos a pasar a la ofensiva, a nuestra pequeña escala, como podamos.

–Fue esa misma funcionaria quien promovió que España presentara en la Unión Europea la posición común contra Cuba que tanto daño nos ha hecho al extender el bloqueo –dijo Osorio.

–Marian Wilson –dijo Sedal–. Alguna vez te he hablado de ella. Hemos tenido la industria textil paralizada porque ella impidió que nos vendieran los lectores ópticos que ya habíamos pagado. Mantiene reuniones con empresarios un día sí y un día no para recordarles las consecuencias que puede tener violar el bloqueo. Vamos a hacer que caiga. Porque cuando sepan que se ha gastado el dinero en computadoras para nosotros, caerá. No es mucho, pondrán a otra como ella. Pero sabrán que tienen que contenerse un poquitico. Que no pueden tratarnos como a miserables.

–La remesa informática será un pequeño estímulo. Incluso no tan pequeño –dijo Osorio–. Seguiremos resistiendo. –Se levantó y avanzó hacia la puerta. Iba a salir pero se volvió–: Y para qué –dijo–. Es inútil oponer la fuerza a la razón. Sólo se puede oponer la fuerza sostenida de los que no tienen razón a la fuerza sostenida, si alguna vez eso fuera posible, de los que sí la tienen, de los que son más justos. No ocurrirá nunca. ¿Y de qué sirve tener razón si tienes que fusilar porque no eres fuerte?

Laura y Agustín le miraron en silencio.

–No se preocupen –dijo–. Un día como el mío lo tiene cualquiera.

Agustín salió para acompañarle. Cuando volvió a entrar, Laura dijo:

–¿Qué está pasando?

–Tres secuestros de naves con pasajeros desde el ultimátum de Irak hasta hoy, siete en los últimos meses, y se están investigando veinte tramas más en marcha. Parece claro que están organizados por la mafia de Miami con el apoyo silencioso de los Estados Unidos. Quieren una nueva crisis, la quieren justo ahora.

–¿Tú crees que lo conseguirán?

–No. Con las detenciones de los llamados opositores, la revelación de los infiltrados y a lo mejor esas condenas, lo normal es que los secuestros paren.

–Yo también tengo sueños a veces –dijo Laura.

–Claro –dijo Sedal.

SEGUNDA CARTA

Soñamos soledad y la soñamos siempre contra alguien, para demostrar algo. Distinto es dar los pasos hacia la soledad al final de una vida. Entonces no es el sueño, entonces es ir apagando las luces de las habitaciones hasta que quede una y nada más. Distintos, sí, los pasos y los actos de los sueños. Soñamos soledad. Tendidos en la cama convocamos a nuestras huestes para el reagrupamiento. Soñamos soledad igual que un desafío.

Nos daremos cuartel para después seguir. La soledad es siempre para después y por eso los muertos no nos sirven. Los muertos pueden hacer, a veces, compañía, pero en el álbum de fotos de la soledad, en los acantilados, en las ciudades extranjeras, en las montañas que proyecta el lado frío de la almohada no aparecen los muertos sino los ojos de los vivos contra los que apostamos.

Soñamos soledad no para remediar los tímidos errores sino porque ellos, los tímidos errores, los insignificantes, nos han puesto en el disparadero. Se ha sonrojado el rostro en mitad de la noche reviviendo la equivocación y es entonces cuando ambicionamos un cambio de registro, un logro tan alto que los errores ridículos pierdan relevancia, se desdibujen, se lleguen a extinguir. Los muertos no nos sirven, los muertos no verán ese logro tan alto. Acaso ellos nos den algo de aliento en la consecución del gran propósito. Pero soñamos soledad contra los ojos de los vivos que sin saberlo, a veces, nos retaron.

Yo sueño soledad que es como soñar hazañas. Usted que lee estas cartas porque se lo han pedido y quizás porque busca el interés humano, usted es el garante de mi acción peligrosa. ¿Pero y si no las lee? No, no debo pensar en eso. Al fin y al cabo tiene el amor, y tiene la promesa de que algo va a pasar. ¿Que no es bastante, dice usted, y ríe? ¿Que quiere violaciones y frases sobre el alma y frases sobre los programas de la televisión? Lo siento. No tengo tiempo. Me aferro a los detalles y luego a la teoría. Oí que lo cantaban en un disco: «Si un tren va de sur a norte a 80 kilómetros por hora y otro tren va de norte a sur a la misma velocidad y un grifo da 15 litros de agua por minuto: ¿cuánto tarda el tren en ahogarse en el estanque?, ¿qué edad tiene el revisor...?»

Mi vida y la teoría. O lo toma, o lo deja. Si lo toma, vea lo que pasó. Estábamos, se acuerda, en la cafetería. Era la cuarta vez que nos veíamos, ¿cómo advertir tan pronto que tocarás y que serás tocada? Un olor, me dirá, feromonas, el animal que llama más allá de los datos. Sin embargo, yo estaba lejos, cinco metros, calculo, el olor de tostadas y de plancha anulando cualquier otro. Él era mi enemigo. Mi enemigo sin armas, mi enemigo, se entiende, en un clima de buena educación. Él era el poderoso en la medida en que representaba al equipo de los grandes, aviones y suplentes, regalos, primas, fichajes millonarios. Mi equipo, mi país, apenas si tendría un pálido autobús.

Él era el que pisaba tierra firme pero yo vi su zona vulnerable, su talón al desnudo. A lo mejor, entonces, fue puro narcisismo: si puedes auxiliar al poderoso es que eres aún más poderoso. Admitamos que, por narcisismo, ya en ese instante quise su excitación y eso que llaman abandono. Pero no hubo sólo narcisismo. Hubo secreto, prohibición, hubo desigualdad.

Nos sentamos y ahí estaba, el temblor, el temblor, mi deseo y el suyo silenciados. Es la desigualdad, es el obstáculo lo que acelera el pulso y no, como tanto nos dijeron, porque el obstáculo comporte peligro y aventura sino por la creencia: porque si al fin se ama al que es tan diferente y no hay motivo, interés, facilidades, entonces es que tal vez el amor sea, quiero decir, exista; entonces es que tal vez haya lugar para el romanticismo, para creer en algo inmaterial que impulsa a la materia, que la mueve y por eso cuanto más desiguales los amantes más cerca del milagro de ser otros, más cerca de creer en el milagro, quiero decir.

En contra de las leyes del sentido común una fuerza acerca sus cuerpos y esa fuerza, lo juran, les hará diferentes, les sacará del mundo, les estremecerá de dicha, de voluntad contenida y extensible.

No había ya guerra fría en el planeta pero sí un resto de aquel enfrentamiento entre algunos países, entre el país del agregado y el mío. Los amores desiguales hacen suyo el obstáculo y lo invierten, como en esos dibujos animados donde un avestruz o el gato invierten la trayectoria de una bala haciendo de aquello que habría de destruirles su mejor ataque. Supongo que los dos lo habíamos pensado.

Así fue el primer día en el que las rodillas tendían a estrellarse una contra la otra debajo de la mesa, pero se contuvieron. Así fueron las manos y los ojos y las bocas a uno y otro lado de la mesa. De este modo empezábamos, hace ya algunos meses.

Hoy he vuelto a mirarle sin que él me viera a mí. Con unos prismáticos, he entrado en un portal cercano al de su casa y me he subido al sexto. Las ventanas de los descansillos dan al callejón por donde siempre pasa cuando no viene en coche. Yo estaba allí apostada como si quisiera dispararle o tal vez cubrirle. Ha pasado a su hora, le he visto en el doble arco de los prismáticos igual que a una minúscula figura de cine mudo y parecía que andaba un poco a cámara rápida.

Si tuviera que elegir mi fantasía de amante, aquello que se busca, no sería el desnudo en los maizales, ni un marido ideal, ni el príncipe en su caballo blanco; sería en cambio cualquiera de esas criaturas, grillos, genios, ya sabe, que se caracterizan porque silbas y vienen, porque las convocas y aparecen, y entonces, se diría, te pueden proteger. Es posible que yo subiera para eso, para velar por él, para poner en él la rara convicción de que durante unos segundos desde la altura le han mirado con deseo. Pero ahora pienso que a lo mejor subí para el descrédito: para verle cruzar, diminuto, a cámara rápida, para imaginarme ahí a su lado, diminuta, a cámara rápida: dos figuras insignificantes, dos cómicas figuras que, cuando el amor termine, nadie recordará.

Y es que parece que va a terminar. Hay señales: la bombilla fundida, los agravios, el sol que da en el folio, este lugar al margen desde donde le escribo, su cuarto o dondequiera que usted se encuentra ahora y mi salón con mesa y con ventana unidos en un tiempo imposible que yo sustraigo, con el que yo traiciono, un tiempo que ya no quiero compartir con el hombre que amo.

En cuanto a usted, a usted que me ha retado sin saberlo, le diré mi desafío, la apuesta que le hago y que consiste en impugnar los sueños, los suyos y los míos, los providenciales, los fragorosos, impugnarlos antes que el amor termine.

Besa el cristal de su ventana,

Laura Bahía

3

Philip Hull y Laura Bahía habían quedado en verse en el Instituto Iberoamericano de Finlandia. Era un lugar público pero tranquilo. Había una exposición de un solo pintor. Todos los cuadros tenían el mismo tema, el viento, y una belleza extraña: playas con toldos rasgados, cipreses como protegidos por telas rayadas.

–Así que no vais a darme la declaración –dijo Hull.

–Todavía no.

Hull se movió hasta el siguiente cuadro. Laura le siguió. El viento parecía soplar realmente en ese espacio azul, gris y rojo de cometas solas. Hull lo miraba y no habría podido decir quién midió mal la distancia, o bien quién se bamboleó más; lo cierto es que ambos brazos se tocaban ahora, el brazo de Hull contra el hombro y el brazo de Laura, y Hull no iba a corregir esa distancia.

–Si os pido información y no me la dais, cómo pretendéis que os crea –dijo Hull.

Entretanto, la presión en el brazo sucedía al margen de las palabras. Hull persistía en esa presión y disfrutaba viendo cómo Laura hablaba sin que su voz se diera por enterada de lo que pasaba en su brazo, como si no estuviera disimulando ante los cuatro visitantes que junto a ellos se movían por la sala sino ante sí misma.

–Nuestros infiltrados en los grupos que llamáis de oposición iban cada poco tiempo a ver a sus oficiales para que les preparasen carpetas con la información que vosotros les pedíais. Si quisiera engañarte me habría resultado más fácil pedir que me hicieran una declaración falsa.

–O no hacerlo y contarme lo que me estás contando. El truco de que no somos traidores y no delatamos, y precisamente porque somos auténticos no te damos lo que quieres, es igual de viejo.

–Es verdad –dijo Laura. Parecía tranquila.

Philip Hull tampoco se inmutó. Sabía que al final su trabajo era decidir. Y decidir siempre significaba apostar, en alguna dirección. Decidir era lo contrario de tener datos fiables según los cuales actuar. Decidir se valoraba tanto precisamente porque los datos no eran del todo fiables. Con cada decisión lo que se pagaba no era la decisión sino la soledad al haberla tomado. O te fías o no. Eso era todo. Si nunca te fías, te quedas sin aliados. Si siempre te fías, te engañan.

Philip retiró su brazo pero sólo para tomar a Laura por el hombro con aparente naturalidad y dirigirla hacia un nuevo cuadro.

–Estoy cansado de ver exposiciones –dijo–. Supongo que temen no poder protegerte si nos vemos en un lugar privado.

De nuevo sus brazos se tocaban. Tal vez ahora la presión hubiera aumentado cuatro o cinco atmósferas. Laura se separó para buscar la cara de Philip.

–Tengo que irme –dijo–. Cuando leas los informes me llamas.

–Tres millones es mucho dinero.

–Lo que ofrecemos es más de lo que podríais conseguir trabajando veinte años con vuestros opositores en la isla.

Laura puso la mano en el cuello de Philip Hull. Se besaron en la mejilla. Luego Philip rozó los labios de Laura con los suyos al mover la cara y las bocas se abrieron como remolinos, como túneles, como el vértigo de estar cayendo en sueños y sin embargo mantenerse, las dos lenguas entrelazadas, suspendidas mientras en el estómago perdura la sensación de caer pero en la boca, el vuelo.

Después del beso Laura salió sin mirar a Hull. Echó apenas un vistazo a la pareja de chicas, al hombre mayor y al joven que miraban los cuadros. Cuando Laura se hubo ido, Hull también les miró. Se dijo que era una sala demasiado pequeña. Si alguien les hubiera seguido, a él, o a Laura, o a los dos, se habría quedado merodeando fuera del edificio, no podría exponerse a estar tan cerca de ellos en un sitio cerrado.

Un coche furgoneta verde hizo sonar la bocina. Hull se había retrasado al ver cómo se abría el cielo gris de la mañana. Resolvió cambiar de ropa en el último momento y, ya cuando salía, recordó que había dejado su teléfono en el bolsillo de la primera chaqueta. Sonrió al oír la bocina desde su tercer piso, como si no estuvieran en el centro de Madrid. De noche había llovido, el sol rebotaba en el agua y a las ocho y media de la mañana de un sábado apenas circulaban coches por la calle de Hull. Tener cincuenta y siete años, pensaba, no era sustancialmente distinto de tener cuarenta y cinco ni treinta y dos, ni en realidad de tener diecinueve años. Lo era, por supuesto, el cuerpo y la memoria daban fe, pero Hull abrió la portezuela del coche y dejó caer la chaqueta en el asiento trasero como si tuviera diecinueve años aunque no los tenía, aunque era consciente de que no los tenía y sólo estaba dejando caer la chaqueta con la nostalgia de una segunda oportunidad.

–Si te aburres, no digas que no te lo advertí –dijo Arrieta.

–Para mí esto es una excursión, un día de excursión –dijo Hull.

–No querrás que cante –dijo Arrieta–. Tenemos que estar a las diez en la primera nave y a las doce en la segunda. Espero que antes de las tres podamos estar en un buen asador.

–No te preocupes por mí. Soy de esos que meten la nariz entre las tablas de la valla de una obra porque les gusta ver a los obreros trabajando.

Entraron en un túnel y al poco ya estaban saliendo de la ciudad. Arrieta no parecía necesitar conversación. Hull miraba la carretera. Después de besar a Laura se había mordido las manos, atado los labios para no volver a llamarla hasta el día convenido y ahora esperaba ver en el asfalto una respuesta, un brillo instándole a buscarla.

–Voy a acostarme con ella –dijo al cabo de un rato Hull.

–¿Ella lo sabe? –rió Arrieta.

–Creo que sí.

–Te dije que era una trampa.

–Es posible que sea una trampa, pero no por la chica.

–Veo que es una buena actriz.

–No, Miguel. Yo no debería contártelo. No debería haber roto el círculo de tiza en donde hemos entrado ella y yo. Mi única justificación es que no te lo cuento por mí. Te lo cuento por ella. Porque no quiero equivocarme.

Arrieta unió en un segundo la mirada al espejo derecho y a Hull. Después calló. Hull miraba por la ventanilla anuncios de urbanizaciones, coches y camiones, una vía de tren que parecía correr en paralelo a ellos pero al momento desapareció. Cuando habían pasado más de diez minutos, Arrieta dijo:

–Equivocarte ¿en qué?

–No puedo dejarlo pasar, Miguel. No voy a ser capaz de dejarlo pasar. Me gustaría ser útil a esa chica.

–Parece que ya estás siéndolo. Querrán algo de ti, no tienes más que dárselo.

–Estás loco. No me refiero a serle útil como agregado. Ella hace su trabajo y yo el mío. Es el cuerpo. Esa chica está pidiendo...

Arrieta, sin mirarle, le interrumpió:

–¿Pero tú te oyes? ¿Vas a decirme que la chica está pidiendo guerra?

–No.

Callaron. Hull buscaba las palabras y comprendía que Arrieta se empeñase en recordarle lo que él era, sus años, su puesto, la carga de esperabilidad que precedía a cada uno de sus actos, de sus frases. Salieron de la autopista; en un cruce Arrieta se desvió por una carretera secundaria.

–Esa chica –dijo Hull– está pidiendo, tanto como yo ahora te pido que escuches lo que voy a decir sin juzgar hasta el final de la frase, está pidiendo que la toquen como lo pediría un ramo de flores del que han cortado la cinta y la goma y que no tiene jarrón. Que la toquen para evitar que se deshaga, para evitar que los pies y los hombros y las manos, la cabeza, pierdan su consistencia de ramo y caigan sobre la mesa o sobre el suelo.

–Vale. Había que esperar hasta el final. ¿Y tú? ¿Tú necesitas que te toquen?

–¿Quién no, Miguel? Pero supongo que lo que sobre todo necesito es tocar. Tocar para recordar que puedo tocar y sostener y a lo mejor impedir que un cuerpo se desmorone.

–Es esa nave, la primera –dijo Arrieta.

Hull vio tres especies de cobertizos grandes, cuadrados, con aspecto de nuevos aunque también con aspecto de estar hechos con restos de materiales viejos que destacaban en una parte del tejado o en una viga de la pared.

Mientras esperaban en la entrada de la verja, Hull dijo:

–Me da miedo no tener sitio. Que no haya sitio para nada de lo que te estoy contando. Me da miedo creerme que lo hay.

Un hombre les abrió la puerta. Antes de cruzarla, Arrieta sólo dijo:

–Poco. Tienes poco sitio.

El hombre les acompañó hasta la puerta del primer cobertizo, que estaba abierta. En el interior había cientos de botes cilíndricos de diferentes tamaños. Atravesaron los pasillos que se formaban entre los botes para llegar a una pequeña mesa de oficina. Allí los esperaba otro hombre, éste de rasgos orientales. Arrieta le entregó algunos papeles y mientras el hombre los miraba, Arrieta iba firmando otros que el hombre había puesto delante.

–Entonces, ¿el jueves? –dijo el hombre.

–A las seis y media estará aquí el camión.

–¿Quiere mirar?

Arrieta asintió.

–Enseguida termino –le dijo a Hull.

Arrieta y el hombre se internaron de nuevo por los pasillos. De vez en cuando Arrieta se detenía y señalaba uno de los botes. El hombre elegía entre dos o tres palancas metálicas y lo abría. Arrieta a veces parecía limitarse a oler el contenido, pero en un par de ocasiones Hull le vio introducir un palo en el interior y hacer el gesto de removerlo.

Cuando terminaron, el hombre se dirigió a la puerta y permaneció allí esperándolos. Arrieta fue a buscar a Hull:

–Ya podemos irnos.

–¿Me dirás qué hay?

–Disolvente.

–¿Es un efecto naval?

–Yo tengo más negocios.

–Lo sé –dijo Hull.

–Y yo sé que lo sabes.

Hull deseaba seguir hablando de Laura Bahía, pero Arrieta conducía en silencio. Por fin, cuando atravesaban un pueblo, fue Arrieta quien dijo:

–Vamos bien de tiempo, ¿quieres que paremos a tomar un café?

Arrieta torció por una callejuela y aparcó. El bar era muy oscuro, pequeño. Se acodaron en la barra y Hull, con firmeza, le pidió:

–Háblame de ti.

–¿Después de tantos años?

–Después de tantos años me he ganado el derecho a preguntar. ¿Qué ocurrió contigo? Te diste de baja. No sé ni cuándo ni por qué. ¿Fue una mujer, un hijo?

–«Nadie sabía su historia, mas la legión suponía que un gran dolor le mordía como un lobo el corazón.»

Arrieta silbó la siguiente estrofa. El camarero era un hombre muy viejo que ni siquiera le miró.

–No lo conocerás –dijo Arrieta–. El himno de la legión española. ¿Qué fácil sería, eh, Philip? Contarte que tengo un hijo terrorista o que mataron a mi mujer en un atentado. O decirte que estoy enamorado de ti. Pero ninguna de las tres cosas es cierta. Mi ex mujer vive en Orense, creo que alguna vez te lo he dicho. No tengo hijos. No estoy enamorado de ti. Y en cuanto a darme de baja, no sé, a unos les toca ser el pistolero y a otros el hombre de familia. Yo siempre pensé que iba para hombre de familia pero la vida me ha ido colocando en el lugar del pistolero. Al final te acostumbras.

Arrieta cogió su taza de café y se dirigió a la única mesa del bar, una mesa de formica, pequeña, junto a un ventanuco por donde entraba luz. Hull le siguió comprendiendo que, una vez más, debía dejar ese tema.

–¿Por qué piensas que tengo poco sitio con Laura?

–Por lo mismo que tú. Se supone que estás, que estáis llevando a cabo algún tipo de misión.

–Sí, se supone. No puedo hablar de eso, no puedo contarte nada concreto. Sin embargo, te diré que es un asunto interesante. Más de lo que yo podía imaginar.

–Si quieres tener sitio espera a que hayáis terminado lo que sea que estéis haciendo. Entonces llamas un día a la chica y la invitas al cine.

–No puedo, Miguel. No se cuánto durarán estas gestiones: ¿dos, tres meses? A mí me quedan cuatro para irme.

Arrieta le miró y parecía desconcertado. Luego dijo:

–¿Y la trampa? ¿Ya no temes que pueda ser una trampa?

–La chica no, de veras. La misión, como tú la has llamado, aún no lo sé. Tal vez sea demasiado interesante. Pero yo soy sólo un intermediario, igual que ella. No va a poder sacarme nada que no les haya dicho.

–Entonces, ¿por qué querías hablar conmigo?

–Porque sé que tienes razón. Debería esperar. Todo

sería más claro, más limpio, si esperara. Pero no voy a hacerlo. No quiero perderla.

–¿Y?

Las rodillas de Hull chocaron contra las patas de la mesa e hicieron que se derramara un café que aún no había probado.

–Necesito un sitio... físico, quiero decir. Me vigilan los míos. Supongo que tienen miedo de que meta la pata.

–¿Tenemos a uno de los tuyos por aquí? –dijo Arrieta con dureza.

–No. Ya saben quién eres tú. Que yo te vea no les preocupa. Necesito un sitio para estar con Laura.

–Quieres mi cama.

–Tu casa es el único sitio donde me dejarán en paz.

–¿Y a ella?

–Ella está entrenada, podrá despistarles. Además, me han concedido un plazo sin vigilancia, sin que la vigilen a ella, para la negociación.

–No me interesa que algunos de mis clientes vean a una chica cubana en los alrededores de la tienda.

–Obedeceré tus instrucciones, horas, forma de entrar. Sólo una vez.

–¿Sólo una vez?

–Sí. Si todo sale bien, ya me las arreglaré. Tendré que hablar con ellos o hacer algo.

Laura se puso unos pantalones vaqueros que no se ponía hacía al menos tres años. Rebuscó en el fondo del armario hasta encontrar unas viejas zapatillas blancas. Cogió una camiseta blanca y una chaqueta de lana abierta azul marino. No quería ir elegante pero sí en cambio distinta de como había estado viéndose en el último año, de como habían estado viéndola los demás. Salió a la calle con la impresión de que dos pasos por delante le precedía su propia determinación. Había oído la voz de Hull, lo que la voz decía pero también la voz. Y había sabido.

La excusa era banal, unas preguntas sobre los informes, una hoja repetida y una que faltaba. Laura imprimió la hoja que, según Hull, faltaba. La dobló y la guardó en el bolsillo del pantalón. Salió sin bolso ni mochila, quería ir sin equipaje y no como a veces se elige no llevar nada encima porque regresaremos pronto, sino como cuando se elige no llevar nada encima para no tener que regresar.

Philip Hull la esperaba en el bar del hotel. Laura le dio la hoja doblada sin tratar de comprobar la verdad de la excusa. Hull dijo:

–Necesito verte, pero no aquí.

–¿Dónde?

–General Álvarez de Castro diecisiete, primero derecha. Hay una tienda abajo –añadió–. De efectos navales. No se te ocurra entrar, no te pares a ver el escaparate. Justo al lado de la tienda está el número diecisiete. Llama al telefonillo dentro de media hora. Yo te abriré.

No se tocaron, aunque sí se miraron. Hull se marchó desdoblando ostensiblemente el papel que ella le había entregado. Laura le vio entrar en un taxi y salió enseguida. Echó a andar a un ritmo que no era el del paseo aunque tampoco el de quien va con prisa. Más bien tenía la sensación de andar siempre cuesta arriba pero sin estar cansada.

Subió por las escaleras. Llamó al timbre, Hull la abrió y aún le pareció que seguía subiendo cuestas por el pasillo hasta que llegaron a un salón con dos sofás claros. Hull se sentó e hizo el gesto mecánico de señalar el sofá de al lado como invitando a Laura. Pero Laura avanzaba muy lentamente.

–Gracias por venir –dijo Philip Hull con visible nerviosismo.

Tal vez fue eso, el nerviosismo, o la conciencia de que no se merecían ni necesitaban hablar del tiempo, balbucear, tapar el silencio con risas desconcertadas, lo que hizo que Laura dejase atrás el sofá de al lado y siguiera andando hacia donde estaba Hull, se sentara muy cerca de él, empezara a quitarle el reloj de muñeca.

–Decías que no era seguro, pero ya no hay duda –le dijo Osorio a Sedal–. Los han fusilado.

Eran las siete de la tarde, Osorio había ido a buscar a Sedal a la embajada y ahora se dirigían andando a la casa de un escritor español. Hacía dos días que las tropas estadounidenses habían entrado en Bagdad sin encontrar apenas resistencia y sólo unas horas que en Cuba habían fusilado a tres de los secuestradores de una embarcación con pasajeros. La casa estaba lejos, empezaba a hacerse de noche, pero ni Sedal ni Osorio tenían ganas de llegar.

–Nunca dijimos que fuera fácil –dijo Sedal.

–Pero han pasado demasiados años. –Osorio retuvo ahora el paso–. ¿Y si no vale la pena? Eso sucede en la vida con mucha frecuencia. Hay un lugar adonde quieres ir, adonde te gustaría de verdad llegar, sólo que está muy lejos y ya tú eres viejo; puedes caerte por el camino; cuando tú llegues, si llegas, vas a estar cansado y no vas a gozarlo. Entonces tú decides no ir. El esfuerzo no compensa. No significa que tú te rindas. No desprecias el lugar, tú quieres que otros lleguen ahí. Pero, amigo, tú has medido tus fuerzas.

–Ahora es duro, Carlos. Nos acusan de haber aprovechado la guerra de Irak para reprimir a los disidentes. Sin embargo, había veintitrés planes más de secuestros en marcha. El exilio, tú lo sabes tan bien como yo, quiere que se produzca una crisis. Si los secuestros paran, si pasan diez meses sin que vuelva a haber un secuestro, tal vez algunos admitan que era la única salida que teníamos.

–El exilio, el exilio –dijo Carlos–. Tenemos enemigos, pero no podemos comportarnos como ellos. Una gran parte del exilio es sólo emigración. Y otra parte estaría dispuesta a aceptar una salida si se la diéramos.

–Yo se la daría. Todos se la daríamos si pudiéramos hablar sin amenazas.

–Algunos amenazan. Otros se limitan a pedir más libertades.

–No te engañes, Carlos. Las libertades que piden se resumen en una sola: libertad para explotar.

–No me has contestado.

–¿Seguro?

–Tú no me has contestado.

–Es cierto. No te he contestado.

Desabrochó la hebilla y presionó con el dedo en la piel clara de la muñeca de Philip Hull mientras sacaba la correa. No le vio rendido ni entregado ni vulnerable. No vio asombro en el gesto de Philip sino la firme voluntad de quien no quiere cerrar los ojos, abrir las manos, soltar la barandilla, decir un secreto, no quiere hacerlo pero lo va a hacer. Laura puso el reloj en el suelo y se levantó. Cogió la mano de Hull con sus dos manos, tiró de él. Ahora estaban de pie uno frente al otro y Hull tomó la cabeza de Laura como si fuera a ponerle unos auriculares en los oídos, como si fuera a quitarle una diadema. Los dedos de Hull presionaron con suavidad pero ninguno de los dos acercó la cabeza ni se tocaron las bocas, sabiendo que el deseo avanzaba y les pertenecía por entero. Echaron a andar casi al mismo tiempo. Cuando llegaron a una habitación con la puerta abierta y al fondo una cama matrimonial ambos dudaron, y decidieron seguir buscando. Dejaron atrás la cocina y un cuarto con un ordenador; entonces vieron una habitación pequeña, casi sin muebles.

El suelo era de madera, había una cama individual, sin cabecero, cubierta con unos cuantos cojines y una colcha escocesa roja y negra, una ventana de marco de madera y, en el suelo, sobre dos guías de teléfonos, una pequeña lámpara. Cerraron la puerta. Empezaba a hacerse de noche.

La cuesta del paseo de La Habana se proyectaba ante ellos como un río tranquilo. De vez en cuando cruzaba un coche con los faros encendidos contra el cielo que pasaba del azul hielo al negro por segundos.

–De acuerdo –dijo Sedal–, hemos fusilado. Hemos aplicado la pena de muerte. ¿Pero estamos dispuestos a discutir para qué? Hablas de un sitio al que quieres llegar pero al que cuesta mucho trabajo llegar y te preguntas si vas a ser capaz de hacer el esfuerzo. No hablemos del esfuerzo, hablemos del sitio. ¿Cómo es, cómo es exactamente?

–Tú sabes de sobra cómo es. No hay mucha carne, hay más justicia que en otros países, hay proyectos en marcha, muchos, faltan casas, muchas parejas jóvenes tienen que vivir con sus padres y con sus cuñados, cada vez se hacen más trampas, tú lo sabes todo de sobra.

–No, no, no. Eso es Cuba, pero no es el sitio.

–¿No me estarás pidiendo que te hable del paraíso comunista?

–Yo no, ¿pero tú? ¿Estas seguro de que no estás comparando lo que tenemos con ese supuesto paraíso?

–Estoy completamente seguro, Sedal. Comparo lo que tenemos...

–¿Con qué?

Las bocas ahora, y la precipitación y, al mismo tiempo, el juego. Se besaban, se desnudaban y los cuerpos buscando el roce, bordeándose. No fue durante la penetración, tampoco cuando Philip masturbó a Laura como llevándola en vilo para otra vez depositarla en la arena o encima del agua. No fue el orgasmo en su intensidad ni en su certeza, escafandra de buzo, bola de nieve arrojada que ahora estalla y se dispersan los copos muy lentamente. Fue luego.

La colcha roja y negra con que se cubrieron era áspera, no se amoldaba con exactitud a los cuerpos y los cuerpos parecían más desnudos, más solos y más juntos debajo de aquella tela dura. Laura se levantó para encender la lámpara pequeña. Ya era noche cerrada. Volvió a tenderse, esta vez apoyando la cara en el pecho y el vientre de Philip. Él llevó su mano hasta el costado de Laura, notaba sus costillas. A Philip Hull, más alto, la impresión de casi poder abarcar aquel cuerpo extendiendo los brazos le conmovió. Laura miraba la piel muy blanca de Hull y no quería moverse. Fue entonces cuando empezaron a saber que se necesitaban, que si dejaban pasar demasiados días sin volver a verse sus cuerpos, sueltos, perdidos, se irían a la deriva.

–Yo comparo –dijo Osorio– lo que tenemos con un país seguramente más injusto, igual de corrupto aunque de otro modo, pero ¿tú sabes?, un país que no me obligaría a pronunciarme cada mañana. No me obligaría a levantarme y pensar si yo quiero no ya morir por él, esto, si insistes, en cierta manera, sería más fácil. No me obligaría a levantarme por la mañana y decidir si yo quiero matar por él.

Habían llegado a la plaza de los Sagrados Corazones. Las calles partían como radios, el tráfico había aumentado y ellos eran dos hombres junto al semáforo en la oscuridad iluminada.

–Uno sabe que mata –dijo Sedal–. ¿Crees que los ingleses, los belgas, los españoles, los suizos no saben que su comodidad, heredada o adquirida, en cualquier caso inocente, mata cada día en otros continentes? Lo saben. Les calma pensar que al fin y al cabo ellos encontraron así las cosas. Son mayores, saben que la comida que ellos dejan en sus platos no irá a parar a los niñitos muertos de hambre. Todo es más complicado, dicen. Y olvidan. Olvidan lo que saben.

–De acuerdo, Agustín. Yo comparo Cuba con un país donde todo fuera lo bastante complicado como para permitirme olvidar. Porque en Cuba todavía tengo la impresión de que muchas cosas dependen de los que vivimos allí.

–Hay miles de personas que pagarían por tener esa sensación.

–No. Miles no. Muy pocas. Se paga por lo contrario.

Después de cruzar la calle, Sedal se detuvo:

–¿Tú sabes, Carlos? Los libros más tristes no son las novelas de personajes desgarrados ni los poemarios melancólicos. Los libros más tristes son los libros de los economistas. Pero no los libros de los ultraliberales, como ahora les llaman. Los libros más tristes son los libros de los economistas buenos. Quiero decir bondadosos. Los que defienden el Estado del bienestar: volvamos a él, dicen, volvamos a un mundo donde los derechos asistenciales no dependan sólo de cuánto hayas pagado. Y puede que en Europa decir esas cosas hasta sea valiente. Pero son libros tristes porque sus autores ni siquiera se dan cuenta de cómo les oímos nosotros. Esos economistas buenos a lo que más se parecen es a un grupo de señoras hablando de qué cómodo resulta que haya hospitales y médicos gratis para la criada, la cocinera y el chofer.

Los dos hombres siguieron andando, callados.

Aquella mañana Marian Wilson se levantó en su casa con extrañeza. A veces le ocurría. Era como estar situada a dos centímetros y medio de las cosas. Dos centímetros y medio irreales, que sólo ella veía, que no le impedían colocar los tazones del desayuno de las niñas, calentar la leche. No le impedían besar a su marido, beber el café, subir las escaleras y acariciar a cada una de sus hijas para despertarlas. No se lo impedían pero estaban ahí, siguieron estándolo cuando todo el mundo se fue y Marian Wilson apagó las luces de la casa y se dirigió hacia el coche.

Conducía todavía con el pie cambiado, como quien no responde a la pregunta que le hicieron ahora sino a otra que le harán más tarde. Sentía soledad en el asiento, al tocar el volante, al ver los ojos del conductor de atrás en el retrovisor. Dos centímetros y medio de separación, o el pie cambiado, o notarse los labios. Tenía varias formas de llamar a ese estado que ya conocía y que nadie a su alrededor llegaba, normalmente, a percibir.

Saludó a los guardias en la embajada, sonrió a la secretaria, se encerró en su pequeño cubículo como cualquier día. Le pareció que se estaban reduciendo. Debían de ser ya sólo dos centímetros o tal vez uno y medio. Wilson acarició con las yemas de los dedos un rotulador que había sobre la mesa y luego la base de la lámpara. Tocaba el frío del metal, el plástico tibio del rotulador, tocaba y esperaba que el mundo se le fuera acercando de nuevo, acortar las distancias, un centímetro, menos y después las cosas volverían a ser como cualquier mañana.

Al rato, Norman Carter le pidió que fuera a su despacho. Wilson entró sintiéndose casi por completo segura de sí misma. Rozó el borde de la puerta con el dorso de la mano y, al sentarse, extendió con prudencia la palma derecha sobre el brazo de la butaca. Le llamaron la atención los mechones como agrupados y en desorden del pelo de Norman Carter. Solía llevar una suerte de nube de pelo castaño y escaso pero uniformemente repartido, suave, flotante. Y ahora esos mechones tristes, desatendidos, en vez de envejecer a Norman Carter le rejuvenecían, le hacían sólo rozar la cincuentena. Más joven, pero más débil, Norman Carter hablaba por teléfono y Wilson encontraba en su voz inflexiones de ansiedad y de violencia que no conocía. Se preguntó si no estaría fantaseando en exceso debido a sus dos centímetros y medio de separación. Después se le ocurrió que también Norman Carter podía haberse levantado como ella, ausente de su propia vida. Pero costaba creerlo. Probablemente sólo se había acostado tarde, había dormido mal, se había levantado tarde y sin tiempo de ducharse y lavarse el pelo. Carter colgó con furia.

–Esa gente de Miami –dijo–. Son ridículos y tienen demasiado poder.

–¿Qué ha pasado?

–Van a echar abajo otra vez la propuesta de autorizar los viajes a Cuba y, desde luego, impedirán que se suavice el embargo. No me sorprende. Me harta. Por primera vez teníamos a demócratas y republicanos unidos en un mismo objetivo, por otra parte rentable, y ya es seguro que no saldrá.

–No quieren correr riesgos –dijo Wilson.

–Quedarse quieto también es un riesgo. Llevamos

cuarenta años con la misma política. Es un riesgo y una torpeza.

–Más de setenta opositores en la cárcel, tres hombres fusilados. Es normal que no les parezca un buen momento.

–Justo el mejor. La guerra de Irak ha terminado pero sería una locura pensar que podemos permitirnos algo así con Cuba. Y en Miami lo saben. En cuanto a esos opositores detenidos, lo siento, sí, claro, pero el exilio tiene parte de culpa. ¿Cómo pueden dejar que se les cuelen doce agentes de la seguridad del Estado? Yo te diré cómo: la chapuza, la prisa, el dinero fácil. Lo que tenemos allí dentro no es una oposición ni es nada.

–Estás furioso.

–Estoy harto. Ya sé que hay personas nobles y lo siento por ellas. Pero ¿y las otras? Pícaros que se buscan la vida. Se inventan un grupo de ochenta cuando en realidad son cuatro, sólo para cobrar más. ¿Qué podemos hacer nosotros con eso? Si de lo que se trata es de comprarles, hagámoslo abiertamente. Entremos por la puerta principal para hacer negocios con ellos.

–¿Y eso qué cambiaría?

–Dinero, negocios, empresas, beneficios. Hagamos de Cuba un verdadero paraíso turístico y la revolución simplemente dejará de tener un papel. Se extinguirá.

–Yo...

–Tú no lo ves así. Casi nadie lo ve así. Y unos cuantos estamos cada vez más cansados. Y tenemos prisa. Muy bien. Tenemos que pactar con el exilio, son de los nuestros, qué le vamos a hacer. Pero al menos seamos más fuertes que ellos. Y esto te afecta directamente a ti.

–Tú dirás.

–Necesitamos sacar ventaja a Miami, necesitamos saber más que ellos, ser nosotros los que llevemos la iniciativa.

–¿Has visto los informes?

–Los he visto. Basura.

–Los cubanos no quieren pillarse los dedos.

–No hay un solo nombre. Ingresarían nuestro dinero en cuentas para tener aseguradas a las familias de los que promovieran la operación. Se atreven a decir que si la operación saliera bien nos lo devolverían. Muy bonito. Basura.

–Sin duda son insuficientes. Faltan nombres y direcciones. Pero si lo que dicen es cierto, no van a dárnoslos ahora. No pueden dejar a esas personas a la intemperie.

–Muy bien. Que guarden sus secretos y lo hagan todo gratis.

–Hace dos meses te pareció bien que les ofreciéramos dinero a cambio de información. Entonces no lo aceptaron. Es posible que se lo hayan pensado mejor.

–Insinúas que quizás sean menos de los que dicen y no estén interesados en el suicidio político sino sólo en irse.

–Pero aun así nos interesa, habría un escándalo, aumentarían los conflictos internos –dijo Wilson.

–Lo sé. La cuestión es que yo necesito una autorización especial y no puedo pedirla con tan pocos datos. Quiero que le digas a Hull que exija ya una lista con nombres, y que tiene dos semanas. El tiempo que voy a estar fuera.

–¿Y si se vuelven atrás?

–Dile que acepte pagar tres millones. Pero quiero nombres.

–¿O?

–No hay o, no hay alternativa. A mí me presionan y yo te presiono. Hull debe conseguir el trato y no necesito explicarte cómo. Es tu trabajo, tú eliges. Si no te fías de él, entra tú en la operación. Gracias, Marian.

Marian Wilson se levantó. La puerta estaba ahora a la distancia correcta, Wilson la cruzó y recorrió el pasillo de vuelta a su cubículo añorando los dos centímetros y medio de tristeza.

En el salón de la parte de atrás de la tienda de efectos navales, tres empresarios cubanos en el exilio hablaban con Miguel Arrieta. Marcos León, el más joven, tenía un cuerpo compacto, al modo de un rectángulo con pantalones vaqueros y camisa oscura del que asomaba un cuello delicado y una cabeza grande y compacta también. Rondaba los treinta y cinco años y parecía consciente de su fuerza, de la rapidez física y mental con que actuaba, como si fuera el hijo de los allí presentes y estuviera dispuesto a hacerse cargo tanto de llevar las maletas como de supervisar cualquier papel que sus mayores tuvieran que leer o que firmar.

Diana Martín, en esa edad incierta que prolonga la treintena en las mujeres hasta los cuarenta y cinco, llevaba sólo dos años en España. Estudió en Harvard y puso en marcha una consultora en Miami con excelentes resultados. No obstante, desacuerdos afectivos con su esposo y socio la habían llevado a montar otra en España y nada hacía pensar que le pesara su nueva situación.

Manuel González era parco en palabras. Su pelo teñido no lograba ocultar su edad sino tal vez hacerla menos indolente. Aquel día cumplía sesenta y cinco años.

Por la mañana los cuatro habían cerrado un acuerdo por el que venderían a un centro de investigación en Milán un microscopio electrónico de barrido procedente de Polonia valorado en setecientos mil euros. Ahora celebraban el cumpleaños de Manuel y el acuerdo. Diana y Manuel habían tratado con el funcionario italiano, Arrieta y Marcos se ocuparon de la negociación en Polonia. La comisión ascendía a noventa mil euros, de los que había que descontar los gastos del trasporte que ellos mismos, a través de Arrieta, se encargarían de gestionar.

El vino se estaba terminando. Arrieta sacó ron y whisky y todos se sirvieron.

–Cayó Tikrit, ya no queda nada –dijo Manuel González–. ¿Dónde están ahora todos esos agoreros que decían que Irak iba a ser otro Vietnam?

–En casa –dijo Marcos León–, sin hacer ningún comentario.

–Pero esperando –dijo Diana–. Nunca se cansan. Ahora estarán esperando a que los Estados Unidos cometan un error.

Arrieta callaba. Se levantó y trajo hielo y, en la misma bandeja, un plato de pequeñas raciones de dulce de guayaba con queso.

–Me lo han traído de Brasil –jugó a disculparse.

–Parecía cubano –dijo Marcos León, y todos rieron.

La conversación había agotado su mano, era preciso volver a repartir cartas y Diana Martín lo hizo cuando dijo:

–Mi hijo irá a Cuba este verano. No la conoce. Nunca ha estado allí.

Marcos León dijo:

–Yo nunca he estado en Japón. –Y todo el rectángulo de su cuerpo parecía una gruesa puerta cerrada.

–Ni yo –dijo Manuel González con violencia apenas contenida.

Absurdamente, Arrieta dijo:

–Yo nunca he montado a caballo.

–Pero habrás templado alguna yegua –dijo entonces

Marcos León estirando una pierna, adelantando un brazo, deshaciendo el rectángulo en su risa.

Los otros le secundaron, también Arrieta, cuya mirada encontró los ojos de Diana Martín más tímidos y atentos que el resto de la cara.

–Alguna –dijo Arrieta sin rehuir esos ojos pero sin alentarlos.

Manuel González se acarició la sien casi sin tocarla, como si temiera pintarse la mano. Después se recostó en el sillón y su voz intentaba buscar la calma, su propia calma:

–He oído –dijo– que están preparando una emisión de TV Martí en Cuba, con aviones de las fuerzas aéreas.

–¿Cómo te has enterado? –preguntó Marcos León–. ¿Qué sabes?

–Es sólo un rumor –dijo González–. Mi mujer llegó ayer de Miami y allí estaban muy embullados con la idea. Emitiendo la señal desde los aviones sería posible que toda la isla lo viera.

–¿Y qué piensan emitir? –preguntó Diana.

–No lo sé, ya sabes, se supone que es secreto, y a lo mejor son puras fantasías.

–Debe de ir en serio esta vez –dijo Arrieta–. A mí también me ha llegado algo.

Aún tardaron media hora en irse. Marcos y Manuel iban delante. Arrieta había ido a buscar las cosas de Diana. Ella recostó su espalda en el pecho de Arrieta mientras él le ponía la chaqueta. Cuando Diana se volvió, Arrieta le acarició la mejilla.

–Hace tiempo que he renunciado al fuego –dijo–. Pero si un día quisiera quemarme, ninguno mejor que el tuyo.

Diana Martín tomó con elegancia las dos manos de Arrieta entre las suyas, sólo un instante.

–Nos esperan –dijo.

–¿Cuándo termine esto vas a volver a Cuba? –preguntó Pablo a Laura.

–Creo que sí.

El metro se detuvo sin motivo aparente en medio del túnel. Recién llegada a España a Laura le habían inquietado esas paradas. Después comprobó que las paradas eran normales, nadie se asustaba y el tren siempre volvía a ponerse en marcha. Tal vez porque ésta era la primera vez que iba en metro al aeropuerto había recordado ahora su antigua inquietud. Pero no ocurrió nada, el tren arrancó de nuevo, ya sólo quedaban dos estaciones. Iban a recoger a Armando Cienfuegos, quien había adiestrado a Pablo durante dos años y a Laura durante seis veranos. Le había enseñado cientos de pequeños trucos aunque, en realidad, una sola cosa: seguridad.

Agentes de la Seguridad del Estado, ése era el nombre oficial que recibían, y Armando le enseñó a no despreciarlo, a no considerarlo una cuestión formal. Ellos trabajaban para que el Estado estuviera seguro y para eso ellos tenían que estar seguros. La primera vez que lo oyó Laura tenía diecinueve años. Solía temblar. Como otros se ruborizan, como otros son tímidos y no aciertan a hablar a quien quisieran y otros sí aciertan pero luego se arrepienten y farfullan y meten las manos en los bolsillos cuando están solos, Laura solía temblar. Parecía estarse dirigiendo a otra persona con dulzura o con indiferencia, o acaso divertida, y entonces su voz empezaba a temblar. No era un tartamudeo, era temblor, como una vibración en el origen de cada sílaba y también en las manos. Luego pasaba.

Cuando Armando les habló de seguridad ella pensó que no lo conseguiría. Habría querido hacer cualquier cosa por la memoria de sus padres y quizás no cualquier cosa pero sí muchas por Cuba y por la revolución. Cualquier cosa de las novelas de espías: fotocopiar, fotografiar, saltar, perseguir, ser perseguida. Haría cualquier cosa pero siempre con su voz llena de agujeros. Sin embargo Armando le pedía que dejara de temblar.

Llegaron. Laura estaba nerviosa como si hubiera robado algo. Sabía que Armando se daría cuenta. Al principio Laura lo había hecho, se había convertido en una agente de la Seguridad que era distinto de ser una persona segura, distinto del equilibrio, el autodominio y la convicción. Armando no pedía contar con individuos de carácter seguro, no le importaba el carácter sino algo anterior al carácter. Seguro como decimos: éstas son las llaves, seguro; mi amigo vendrá, seguro; la marea subirá a las dos, seguro. Seguro en la medida en que no está expuesto a dejar de ocurrir. «Ustedes no me digan que no hay nada seguro porque ya lo sé. Cambian la cerradura, matan al amigo, estalla el planeta tierra, pero ésas eran las llaves, pero el amigo venía, pero la marea iba a subir.» Laura lo hizo, aprendió a dejar de temblar en los momentos necesarios. Era casi como creer en Dios. Como llevar en un saco la armadura que le haría invencible y no usarla nunca pero saber que podría hacerlo. Era saber que su vida contaba. Después un día, no hacía tanto, todo había vuelto a ser como al principio.

Llegaban tarde, aunque el avión también. Corrieron por los pasillos mecánicos, confirmaron la puerta en la pantalla azul. Una vez en el sitio, Laura dejó que Pablo vigilara las pequeñas avalanchas de viajeros.

Ella fue a sentarse. Había recaído algunas semanas antes de conocer a Hull. Estaba sola, hacía frío, no funcionaba en su casa la caldera de la calefacción. Estaba con abrigo dentro de su casa y puso música, una canción sobre la infidelidad. Luego bailó sola en su pequeño salón sin ventana a la calle. Y el temblor vino. Lo único que Armando había conseguido era que no se le hubiera colado sin saberlo. Laura lo había reconocido y lo había dejado entrar, tal vez lo había llamado. Tal vez, más fuerte que el deseo de contar y de existir y de tener la armadura o el amuleto mágico que nos permitan seguir existiendo, seguir contando, tal vez más fuerte fuera el deseo del emborronamiento y de la confusión: no sostener los propios rasgos, no responder a un nombre ni a unas características, no ser en la foto movida las facciones que aún reconocemos sino lo que se mueve, la franja borrosa. Ser al fin el temblor que está en la voz, que pasa de unas voces a otras, de unas manos a otras, y no ser más en cambio la dueña de una voz que tiembla a veces. Después se había ido, a veces durante horas, a veces durante días. Pero siempre volvía. Sin llamar al timbre, sin tener un nombre.

Un temblor no identificado, pensaba cuando vio acercarse a Pablo con Armando Cienfuegos, cuarenta años, aunque ya debían de ser cuarenta y cuatro pero seguían pareciendo cuarenta o algo menos. Él la saludó desde lejos, sonreía. Laura también sonrió.

–Si les presiono –decía Hull a Wilson– se darán de baja, dirán que no les interesa.

–Juega sucio.

–A mí no me pagan por jugar sucio.

–Entonces diles que tienen que hablar conmigo.

–¿Y si no quieren? –dijo.

–Tendrás que hacerlo tú. Tú te metiste en esto.

–Para ser un mensajero, nada más.

–Vamos, Philip.

Ahora sólo se oía el zumbido del silencio en el teléfono.

–¿Por qué tanta prisa precisamente ahora?

–Hay empresarios norteamericanos que quieren ganar dinero con Cuba. Y están cansados de los impedimentos que pone el exilio.

De nuevo el zumbido.

–Marian, ¿no es esto lo que vosotros llamáis un objetivo de oportunidad?

–¿Y?

–Podríamos perderlo, perder la oportunidad.

–También se trata de un objetivo con una alta posibilidad de crisis, ya que te gustan los tecnicismos.

–Sí –dijo Hull.

–¿Entonces?

–Espero vuestras órdenes.

–Quiero que nos ayudes a registrar la casa de esa chica. Y, lo más urgente, quiero que me digas la marca y el modelo exacto de su teléfono móvil. También quiero a Sedal, tienes que averiguar cuándo le ve, dónde. Como ella no te lo va a decir, tendrás que dejarme que la siga de nuevo, pero esta vez contando con tu ayuda. Por otro lado, vas a ofrecerles los tres millones que querían y les dirás que sólo tienen quince días para entregarte los nombres.

TERCERA CARTA

Porque los sueños adulan nuestra impotencia. Eso es todo. Hermosa impotencia, conmovedora impotencia, inolvidable, dicen los sueños y amagan invitaciones. Haber podido ser y no haber sido dicen los sueños y se bañan los ojos en lágrimas que, sin embargo, no se desbordan.

Muchas veces he mirado mi vida con los ojos bañados apenas por un brillo mientras imaginaba el túnel que perforó la tierra al lado de mi vida, el camino paralelo, la recámara. He mirado mi vida pensando en el desvío que pude haber tomado y creyendo que aún lo podría tomar.

La nostalgia es tan dulce porque pensamos que todavía podríamos, que en alguna parte las cosas permanecen a la espera y si sólo por fin nos decidiéramos estarían ahí, estaría el caballo al pie de la ventana, el coche del amigo al otro lado del muro de la prisión. Estaría aquel a quien podríamos haber amado, mayor y con tres hijos y con otras lealtades pero no importa, la nostalgia borra el contexto y nos conduce hasta los ojos bañados apenas por un brillo de aquel a quien pudimos haber amado y para quien también existe un túnel, un camino paralelo, una recámara.

Los muertos, dije, son lo que no hicieron. Pero los vivos no. Los vivos han entregado lo que no hicieron, se lo han dado a los sueños. Si fuera de otro modo, si les perteneciera, entonces cada vivo andaría con lo que no hizo debajo del brazo como un periódico y lo podríamos ver. Pero no lo vemos.

¿Qué ha pasado conmigo?, le escucho preguntar. ¿Qué me hicieron los sueños para que ahora me lance contra ellos y quiera combatirlos, refutarlos, dejar constancia de su inexactitud? ¿Qué trampa me han tendido o –vaya, no sé por qué percibo en sus ojillos un aire paternal– tal vez no han sido ellos, tal vez yo sola he ido cayendo?

Pero voy a devolverle la pregunta, en realidad voy a cambiarla: ¿qué me han hecho a mí sus sueños? Los suyos, sí. Usted ya está en su sitio. Ha accedido al lugar de las casas con servicio doméstico, las dobles residencias, los viajes, la tranquilidad del dinero que siempre llega. Usted dirige un periódico y no es ese periódico de incumplimientos que cada hombre y cada mujer podría llevar debajo del brazo, en donde constaría todo cuanto quiso hacer y mereció pero no hizo. No. Usted dirige un periódico nacional, de gran tirada, importante, muchos dirían que es el más importante. Ahora yo le pregunto: ¿qué me han hecho a mí sus sueños, señor director?

La pregunta está lejos de ser retórica; es real, la deposito aquí como quien deja un huevo del que va a salir un pájaro. Espero al pájaro. Mientras tanto me gustaría contarle que los sueños, los individuales, los fragorosos, están destruyendo Cuba. Quiero decir que trabajan en sigilo, constantes, para destruirla. Espero al pájaro. ¿Qué me han hecho a mí sus sueños? No su ambición, no sus proyectos, no sus ideas e intereses, no. Sus sueños, señor director, me han confundido.

A lo mejor usted y yo nos parecemos. A lo mejor usted guarda un dolor, quién no lo guarda. Pero incluso un dolor resulta diferente con residencia de verano, acciones, poder. Tal vez a usted se le ha muerto un ser querido, o ha estado muy enfermo, pero incluso eso es distinto con dinero y poder. Si es distinto el dolor, ¿cómo no habrá de serlo el resto de las cosas, la risa o la rabia? Todo es distinto en usted y en mí; todo, menos los sueños. Sus sueños se comunican con los míos, lo quiera usted o no. Por eso existe la literatura. No importa siquiera que usted se retire, deje de leer. Los hombres son patrimonio de los hombres, las vidas son patrimonio de las vidas y las imaginamos.

En cuanto a sus proyectos, a sus sueños reales, aquello que desea tener o conseguir, podría imaginarlos con acierto y también con error. Si usted, un poco antes, se ha visto duplicando su fortuna, recibiendo reconocimiento o resarciéndose de alguna pequeña humillación mientras su fantasía hilaba una secuencia de acontecimientos, es asunto suyo. Pero los otros, los imposibles, cuando ya arde la almohada y usted le da la vuelta, cuando los párpados superiores bajan y se diría que tocan fondo y algo se mueve en su interior apenas dos o tres segundos. Los otros los conozco, se lo juro. Los sueños fragorosos no tienen narración sino a veces un rostro, un tacto o un paisaje. Yo conozco ese rostro, ese tacto, ese paisaje. Sé lo que dicen. Dicen que el día se cumplirá.

El día por fin se cumplirá y habrá un momento muy vivo, duradero, un tiempo fuera del tiempo. Entonces otras serán las prioridades, otra la puntuación o el orden de su biografía, señor director. Entonces, en ese momento, en ese resplandor fuera del tiempo toda su vida se cumplirá, tendrá sentido.

Es que no nos basta con las cosas verdaderas. Partir un

trozo de pan y que en los dedos quede un rastro blanco. Si en un informe médico leyéramos que tenemos tres semanas de vida, qué importancia daríamos a tocar, a morder, a que nos cojan la mano. Pero ese informe, que existe, todavía no es el nuestro. No nos basta con las cosas verdaderas y, ¿sabe, señor director?, detrás del no bastarnos, detrás de este sernos, en secreto, el mundo insuficiente no hay rebelión ni desamparo sino astucia.

Yo creí que había rebelión. Yo busqué en el cuerpo blanco del agregado un tiempo fuera del tiempo, busqué mi desaparición y la del agregado bajo la colcha para que el día se cumpliera. Creyendo que de otro modo no se cumpliría. Creyendo que todos los que no confiábamos en el día de hoy ni en las cosas verdaderas, escondíamos sin duda una fuerza extraordinaria, como cientos de miles de motores apagados. Pero no escondemos nada. Somos astutos solamente.

Quizás por eso, porque ya sé que no guardamos rebelión ni desamparo, lo he comprado. Me refiero al manual de papiroflexia. Al principio siempre parece que lo conseguiremos, no es tan grande el esfuerzo. Tan sólo con doblar la punta hacia dentro y añadir dos pliegues vueltos en el extremo de las alas el avión flecha I, el común, el que no vuela tanto sino que cae pronto o se tuerce, se transforma en el avión flecha II, equilibrado y rápido. Esta vez lo conseguiremos. Esta vez, nos decimos, iremos paso a paso. Le espero en el siguiente, el avión turbo I, señor director. No, no es verdad. No le espero en ese avión que tiene tantos pliegues hacia dentro, en escalón, hacia fuera. No es ahí donde le espero.

Es en el túnel aún, en el camino paralelo de estas cartas. Porque son un lugar, son nuestro lugar y creo que sí, que usted también lo afirmaría. Un lugar por ahora, un lugar reemplazable y transitorio pero que dura, como dura la potencia en el motor apagado hasta que lo encendemos y vemos que no se pone en marcha, que está roto. Aunque ¿y si no lo está? Sueñe, señor director. Sueñe un rato conmigo.

Agita su aire, apaga su lámpara,

Laura Bahía

4

Philip Hull había estado dos veces más desnudo con Laura Bahía. La primera de nuevo en casa de Arrieta, tras prometerle que no volvería a pedirle la casa nunca más. La segunda mientras los chicos de Wilson peinaban la casa de Laura. Ellos salieron a cenar fuera de Madrid y se quedaron luego en un pequeño hotel cerca de un bosque. A cambio de su nuevo grado de implicación, Hull había pedido mayor libertad de movimientos. De manera que habían dormido juntos y habían amanecido en un pequeño cuarto desde donde se oía un río. Durante todo el tiempo supieron que estaban viviendo una experiencia delegada, dormir en esa cama en donde habían dormido y en donde dormirían cientos de parejas con encanto. Lo sabían, pero Hull no recordaba ahora el sol entre los árboles ni las tostadas o las tazas grandes del desayuno. Recordaba el calor de otra piel al lado de su piel y le extrañaba recordarlo. Recordaba los ojos de Laura mirándole como si comprendieran todo.

Eran las doce y Hull había salido de la embajada aunque no debía hacerlo. Tenía una cita con tres parlamentarios del Partido Popular. Llegaría a tiempo. No obstante, el día anterior había visto un jersey azul claro muy fino, seguramente mezcla de lino y algodón. Hacía mucho que no compraba ropa a una mujer. A Ivana le había regalado libros y discos y una máquina de fotos y, una vez, unos pendientes. Entró en la tienda, luego metió el jersey dentro de su cartera. Anduvo de regreso presintiendo que se le iba a conceder un plazo. No Wilson ni los jefes de Wilson ni tampoco los cubanos ni Laura, sino el azar iba a otorgarle un plazo para el asombro. Un plazo para no preguntarse si merecía lo que le estaba pasando, si era un castigo o era una dádiva.

Seguramente no lo merecía. Casi con toda probabilidad no era un castigo sino un don y no lo merecía pero el azar le deparaba ahora un plazo para no hacer preguntas y andar por la calle con un maletín en donde había un regalo envuelto. Buscó su cuerpo en un escaparate. Un hombre alto y un poco vencido, con un secreto. Entró en un restaurante con barra y pidió café solo. Los camareros llevaban chaqueta blanca y pajarita, no había televisión, sobre las mesas ya estaban extendiendo manteles blancos.

Hull pensó que había envejecido y que le compensaba pagar más caro el café a cambio de ese bienestar silencioso. No merecía a una mujer a esas alturas de su vida, el plazo para no pensar ni siquiera importaba porque no le hacía falta pensarlo, porque lo sabía. Y recordaba a Miguel Arrieta, la soledad no se elige, hay un día en el que vemos que somos el pistolero, que no seremos el hombre de familia ni siquiera si, como en su caso, se tenía un hijo y una nuera y un nieto. No merecía una mujer, bastante tendría con encontrar el tono en el que iba a escribir un libro, su libro. Como las cartas persas de Montesquieu serían las suyas cartas desde Bolivia, o Brasil, desde Managua o acaso cartas desde el error dirigidas a jóvenes estudiantes de relaciones internacionales en donde lo contaría casi todo, porque son los diplomáticos que se equivocan los que al fin saben.

Philip Hull miró el maletín cerrado y sus ojos subieron hasta la madera casi negra bajo su taza de café. Desde hacía años había sabido que no iba a dedicarse a hacer maquetas cuando le retiraran. No haría maquetas, no se compraría un terreno ni plantaría tomates sino que en largas páginas escritas a un solo espacio dejaría constancia del error y de la dicha. Sabía cómo hacer con el error, lo había imaginado en su despacho, en fines de semana, había tomado notas a veces en los interminables viajes de avión. En cuanto a la dicha, en cuanto a los minutos y los meses de dicha que habían sido reales y que ahora no parecían tan lejanos, Hull siempre supo que tendría que dar cuenta de ellos aun cuando sólo hablara de negociaciones y de operaciones, porque es la dicha lo que afirma y certifica y describe la voluntad de un hombre.

Pagó el café. Estaba desorientado. Lo estaba como quien vuelve a casa dispuesto a cenar algo, ver una película y meterse en la cama pero recibe una llamada y ha de quitarse las zapatillas, calzarse, abrigarse, salir de casa porque ha ocurrido algo y a las nueve, las diez, tal vez las once de la noche, la jornada vuelve a comenzar. Salió del bar llevando en su maletín la jornada que empezaba como un paseo nocturno, repentino. Salió pensando en la piel azul de aquel jersey envuelto. No merecía a una mujer ahora y sin embargo no tenía derecho a ocultarse ni a huir. Estar con ella o no estar con ella era la medida de su tiempo. Y recordar poemas olvidados.

Laura Bahía y Armando Cienfuegos hablaban en otro de esos locales que algún particular les cedía cuando no querían usar la embajada ni sus propios domicilios. Esta vez se trataba de un pequeño despacho de abogados. Agustín Sedal llegó con retraso.

–Lo siento –dijo–. Parece que yo también estoy bajo vigilancia.

–Ya registraron la casa de Laura –dijo Armando.

–Estáis seguros, claro –dijo Sedal.

–Han sido cuidadosos, pero no tan cuidadosos –dijo Laura–. Yo había puesto mis trampas previsibles y otras que no podían imaginar. Armando me preparó bien.

–¿Hay micrófono? –preguntó Sedal.

–Por el momento no he encontrado nada –dijo Laura.

–En La Habana están apurados –dijo Armando–. Por otra parte, Laura acaba de contarme que han aceptado los tres millones.

–Ya, ¿cuándo ha sido? –dijo Sedal.

–Esta mañana –dijo Laura.

–Me sorprende –dijo Sedal–. Creí que iban a cubrirse más, que esperarían a estar seguros de que Laura o yo somos unos corruptos en potencia.

–Tal vez nos quedamos cortos y tres millones no representen tanto para Carter y los suyos –dijo Armando.

–El dinero siempre representa. Pero sin duda lo que pueden ganar, lo que imaginan que pueden ganar, es más todavía –dijo Sedal.

–Tú sabes que yo he apoyado esta operación desde su comienzo –dijo Armando–. El problema es que en La Habana no todos piensan lo mismo. Les preocupa la tapadera. El suicidio, las divisiones dentro del núcleo duro. Hemos jugado con fuego y podríamos quemarnos.

–La tapadera es buena –dijo Sedal–. Han registrado la

casa de Laura, me siguen, a lo mejor registran la mía y ¿qué pueden encontrar? Sólo lo que nosotros queramos que encuentren.

–No es lo que encuentren. Es lo que han encontrado ya porque nosotros se lo hemos dado –dijo Armando–. Les hemos dado un rumor que puede ser riesgoso para nosotros mismos.

–No –dijo Sedal. Se había puesto de pie. Miraba a Laura y a Armando como si tuviera a sus espaldas tormentas de nieve, días de insolación, como si hablara en medio de la intemperie con la piel curtida y los ojos casi cegados–. El rumor de un suicidio no puede ser peligroso. No es peligroso sino que es necesario y todos lo sabíamos. Armando, no se nos ocurrió por casualidad. Era un rumor que teníamos que sacar afuera, precisamente porque todos lo hemos pensado alguna vez.

–¿Quiénes sois todos? –preguntó Laura.

–Todos los que estarán en esa lista que te ha pedido el agregado. –Sedal volvió a sentarse. La mesa vacía del abogado presidía el cuarto y al otro lado los tres formaban un triángulo del que Armando era el vértice. Sedal ahora se dirigió a Armando–: No vamos a correr ningún peligro dando los nombres de esas personas precisamente porque todas han pensado alguna vez en el suicidio o, si quieres, en la suspensión temporal de la revolución.

–Yo no lo he pensado –dijo Armando Cienfuegos, dejando sus palabras firmes y claras suspendidas en el cuarto.

–Tú eres más joven. Está bien que no lo hayas hecho.

–Yo sí –dijo Laura–, yo sí lo había pensado. Cuando me lo contasteis, no me sorprendió.

Agustín Sedal no contestaba; para romper el silencio, Armando dijo:

–Entonces no es cuestión de edad.

–Sí lo es –fijo despacio Agustín Sedal–. Con setenta, uno piensa en decir: lo intentamos, no pudimos, otros tiempos vendrán en los que vuelva a ser posible. Lo piensa uno y desiste porque uno no es la revolución, porque hay muchas personas que se considerarían traicionadas, porque cientos de miles de vidas cubanas se irían al abismo en un sistema capitalista, y con setenta años ya no tienes edad de traicionar. Con cuarenta no lo piensas. Estás ahí, defiendes, inventas, intentas que las cosas salgan adelante, ves lo que pasa en los países cercanos y encuentras futuro. Con veintiocho, porque tienes veintiocho, ¿no, Laura?

Laura asintió.

–Con veintiocho, con veintitrés, con diecinueve, es lícito pensar cualquier cosa. ¿Qué tú piensas?

–Que hay demasiada presión –dijo Laura–. Que no es que el dibujo nos esté saliendo mal sino que nos sale mal porque nos empujan, nos mueven la mano, tiran del papel, nos obligan a dibujar a la defensiva. Y no hablo del bloqueo. También hubo presión sobre la Unión Soviética. No quiero que nos obliguen a hacer las cosas mal, que se aprovechen de que nos faltan lavadoras, casas. Pienso que sería mejor negarse a intentarlo. Decir que no lo haremos. No vamos a dibujar nada y esperaremos a que un día podamos hacerlo sin que nos empujen.

–Pero ese día no va a llegar –dijo Armando–. Forma parte del proyecto de una revolución saber que los poderosos estarán en contra y que harán cuanto puedan por destruirla.

–Sin embargo –dijo Laura– somos más. Los no poderosos somos más. ¿Por qué a la hora de la verdad siempre parece que somos tan pocos?

–Por la violencia –dijo Sedal–. Por el ejercicio constante y acumulativo de la violencia.

–Fue muy costoso, mucho, abrir una brecha en esa violencia –dijo Armando–. Y es peligroso pensar en cerrar lo poco que queda por nuestra propia voluntad. Además, sabemos que un repliegue es casi imposible. Sería un suicidio a secas, un suicidio con esperanza, idealismo puro, nada.

–No es peligroso, Armando. Es un cuento que les hacemos a los americanos. Además, en esa lista habrá sobre todo nombres de personas mayores de cincuenta.

–¿Qué vais a hacer con los jóvenes? –preguntó Laura.

–Depende de a qué tú llames jóvenes –dijo Sedal–. Hay personas de veinte años, y de más edad, que están cansadas, que quieren otras oportunidades. Necesitamos tiempo para ellas. Es una larga tarea. Ahora bien, no querrás que involucremos precisamente a esas personas en una operación como ésta.

–Pero en la lista tendrá que haber personas jóvenes –dijo Armando.

–Las hay –dijo Sedal–. No pasará nada. Ya has oído a Laura. Una cosa es querer negarte a pintar y otra, la opuesta, es aceptar sobornos para que dejes de hacerlo. Las personas de esa lista no los aceptarían nunca.

–Tú puedes suicidarte –dijo Armando–, pero no te pueden suicidar, ¿es eso?

–Supongo.

–Está bien –dijo Armando–. El hecho es que en La Habana están preocupados, también por ustedes. Tienen que apurarse. Se empieza registrando un piso y no sabemos adónde pueden llegar.

–Los norteamericanos también tienen prisa –dijo Laura.

–Mejor –dijo Armando, y Sedal asentía.

Acordaron que Sedal y Armando Cienfuegos se verían una vez más para dar el visto bueno a la falsa lista de nombres. Después Sedal se fue. Armando y Laura se quedaron solos.

–Quisiera conversar un rato contigo –dijo Armando.

–¿Podemos salir fuera?

El despacho de abogados estaba en la Avenida del Doctor Arce. Una vez en la calle, anduvieron hacia el parque de Berlín. Era sábado, había en las indumentarias de las personas que encontraban un deseo de congraciarse con el buen tiempo que estaba haciéndose esperar. Armando y Laura imaginaron en voz alta, por un momento, cómo sería decirse adiós ahora y disolverse en la primavera madrileña, adónde irían.

–¿Cómo te va? –preguntó Armando.

Laura miraba a un chico de unos catorce años que, sentado en lo alto del respaldo de un banco, apretaba botones en un móvil. Apenas podía recordar qué aspecto había tenido ella a esa edad, pero sí recordaba con nitidez su deseo, cómo entonces había pensado y creído saber que existiría para alguien en el tacto, en el perfecto aislamiento de un banco de la calle o de una tienda de campaña. Recordaba cómo se habían hecho realidad sus pensamientos, el banco, un viaje, dormir al raso. Y descubrirse, y tocarse, eso que lo había significado todo en los minutos, había terminado por no ser más que un paisaje visto desde muy lejos y a mucha velocidad.

Supo que Armando sabía porque no la apremiaba mientras ella seguía jugando a recordar cómo era, cómo era exactamente el tacto de lo prohibido, preciso e indeciso bajo la ropa. No contestó, sólo dijo:

–Qué sabes.

–Lo importante, lo sé –dijo Armando.

–Me estáis vigilando –dijo Laura con rabia–. No confiáis en mí.

–No es verdad, no te vigilamos. Piénsalo si quieres, pero nos hemos enterado de casualidad.

Laura depuso su actitud defensiva. Estaba ahora justo en la entrada del parque.

–De todas formas, yo os lo iba a decir.

–Te creo, pero tú sabes que es una locura.

–No, no sé lo que es.

–Por eso es una locura, Laura. Tú tienes que saber, en estos días tienes que saber todas las cosas.

–Pues no las sé, Armando. Y algunas no quiero saberlas. Quiero perderme. Quiero un poco de abandono.

–Tú tienes un trabajo que hacer –dijo Armando.

Habían llegado al final de un camino de arena. Armando se apoyó en el respaldo de un banco. Laura se movía a la derecha, hacia atrás, y luego regresaba junto al banco y volvía a alejarse.

–No olvido eso. No voy a olvidarme nunca. Pero vosotros me elegisteis.

–¿Y?

–A lo mejor lo pensasteis. Tuvisteis que pensarlo. Hombre maduro, imaginativo, solitario, chica huérfana, dubitativa, que anda sin hacer ruido.

–Lo pensamos, Laura. Y lo descartamos. Precisamente no quisimos dejarnos llevar por ningún prejuicio machista. Tú podías hacer bien este trabajo y te dimos luz verde.

–Ya ves, resulta que al final os dejasteis llevar por el prejuicio. Justo por no querer hacerlo, os negasteis a ver lo que teníais delante.

Laura hablaba de perfil, quieta ahora frente a un grupo de árboles. Armando quedaba a su izquierda. Sin mirarle, sin moverse, siguió diciendo:

–Haré mi trabajo y lo haré bien. Ni Hull ni yo somos

importantes. Sólo somos intermediarios. Pero no cometeré errores, Armando. Espero que me creas.

Armando tampoco se movió de su sitio ni dirigió sus ojos hacia el perfil de Laura sino a la pequeña muralla de edificios que custodiaba el parque.

–Yo te creo. Pero Hull sí puede cometerlos.

–Aunque yo no me importe –dijo Laura–, aunque tenga ganas de no importarme, como todos, imagino, a veces las tenemos, voy a ir con cuidado, Armando.

Ahora Armando se acercó hasta donde estaba Laura.

–Laura –dijo.

–Puedes estar seguro.

Bajaron hacia un pequeño estanque. Atardecía.

–¿Cómo os habéis enterado? –preguntó Laura.

Armando se encogió de hombros. Laura tomó un papel manchado de tierra que había en el suelo. Lo dobló hasta hacer un avión. El avión voló suavemente y aterrizó despacio en el agua.

Hull entró en el despacho de Wilson. No las tenía todas consigo pero mantenía el gesto grave, los movimientos pausados, los mismos mocasines de piel fina, los calcetines traslúcidos.

–¿Qué han dicho? –preguntó Wilson sin saludar.

–Me darán la lista. Proponen hacer la entrega el cinco de mayo. Al mismo tiempo que el dinero, claro.

–Casi dos semanas de espera –dijo Wilson–. Cada vez me interesa menos este asunto. Carter no deja de llamarme. Está molesto y cansado. Si algo sale mal, cargaremos tú y yo con toda la culpa.

–No te preocupes. Todo irá bien. Los cubanos también tienen prisa. El turismo es una manzana podrida que está haciendo que se pudra lo demás. Tienen miedo a que algo ocurra y sean otros los que den carpetazo a la revolución. Cada vez más miedo.

–¿Y la izquierda de los otros países latinoamericanos? ¿Cómo sabes que no te mienten? ¿Sólo por lo que te diga una chica entrenada para mentir?

–Tú también estás cansada y molesta.

–Un poco. En el piso de esa chica no había nada. Había menos que nada. Tampoco me gusta que use dos teléfonos móviles diferentes, nos complica el trabajo. No me fío, Philip. ¿Si tienen tanta prisa por qué esperar hasta el día cinco?

–Tienen que sacar el dinero de aquí. Necesitarán organizarlo. He pensado en irme fuera –dijo Hull tratando de no cambiar el tono de la conversación–. Tres días. Tengo días de vacaciones atrasados.

–¿Con la chica? –preguntó Wilson.

–Sí, con la chica.

–De acuerdo. Hasta el domingo. Y procura averiguar cosas de Sedal. ¿Dónde vas a estar?

–Biarritz, Hendaya, San Juan de Luz. Uno de los tres pueblos. Te llamaré.

–Quiero que mañana vayas a buscarla a la asesoría. A la hora de comer. Quiero que la lleves a algún bar cercano y que allí hables con ella, que hables todo el tiempo para que te oigamos.

Hull volvió a su despacho consciente de que hasta que todo acabara siempre iba a tener a Wilson detrás, pero no le importaba. Ni siquiera quiso preguntar cómo iban a oírle, en qué situaciones les iban a oír a los dos. No le importaba su intimidad, no le importaba nada en absoluto. Si otros le oían, que le oyeran, él lo estaría viviendo. Y si Laura era sólo una intermediaria, y no tenía por qué ser otra cosa, qué le importaba sonsacarla, distraerla, hacer aquello que Wilson le pidiera. La operación se estaba agotando, saliese bien o mal debía terminar pronto y esos tres días en Hendaya le harían ganar tiempo. Tiempo para él. Tiempo para convencerse de que tenía derecho a vivir un espejismo a sus cincuenta y siete años. Tiempo y valor para preguntarse si podía haber un después, después del espejismo, cuando él y Laura hubieran terminado con aquello y a él le destinaran a otro país y entonces, tal vez, irse acompañado y, poco a poco, ir ganándose el derecho a otra vida a su lado todavía.

Sonó el teléfono en la centralita de la asesoría fiscal y después en la mesa de Laura. Ya había reservado los billetes, dijo Hull, y la habitación. Nunca había dormido en ese hotel de Hendaya, pero había entrado en él una vez y lo había recordado muchas. Era pequeño, el tejado rojo, las paredes rosadas. Aunque habían construido algunos edificios cerca desde que él estuvo, la dueña del hotel le había confirmado que el hotel seguía igual y que el lugar estaría tranquilo en esas fechas, ya había terminado la invasión de turistas de la Semana Santa.

Laura dijo que podía pedir el viernes libre, pero el jueves debía trabajar. También dijo que deseaba ir. Después colgó porque la apremiaban para hacerle una consulta. De un día para otro, como se rebasa el umbral de lo inaudible y ya oímos, o una temperatura disminuye medio grado y ya hace frío, como los ojos deslumbrados tardan pero distinguen las formas en la oscuridad, como en la noche el sueño parece inaccesible y sin embargo abrimos los ojos y han pasado las horas y estuvimos dormidos sin saber, como lo que no es empieza a ser, la planta, el embrión, el adulto en el niño, como se enciende la luz así se había llenado la ciudad de señales y todo podía ser recordado. Parecía como si Philip Hull hubiera existido, hubiera estado ahí para salvar a Laura Bahía, y ella para salvarle. No de los peligros, no siquiera de la soledad, sino de que nadie supiera su verdadero nombre. Pájaros y carne, un mensaje, una letra de canción partida, tocarse más allá del deseo, tocarse para la leyenda, tocarse y morir de amor por el suelo porque eso quedaría consignado en la pasión que se tenían y que era capaz de sacarles fuera hacia un tiempo nuevo que estaban haciendo suyo.

Laura siguió trabajando más concentrada que nunca, más certeras sus observaciones y más breves, redactó dos recursos, encontró una argucia para presentar otro fuera de plazo; entre medias organizaba las carpetas de las consultas previstas para ese día. Más concentrada pues al fin ya no necesitaba estar en otra parte mientras trabajaba sino que esa otra parte era real, existía, llamaba por teléfono, cruzaba calles.

Al anochecer, Laura acudió al Corte Inglés de Nuevos Ministerios, a la sección de sábanas y toallas. Ella y Sedal se pusieron a hablar junto a las cortinas de baño.

–Ayer por la tarde fui a ver a una amiga –dijo Laura–. Tiene un bebé. Estábamos charlando y de pronto, por el aparato por donde se debería oír al niño, empezó a oírse nuestra propia conversación. Ella no se dio cuenta, fue sólo unos segundos. Luego, al volver a casa, estuve mirando todo lo que había en la mochila, en mis bolsillos. Estoy casi segura de que es mi móvil, el de la asesoría, porque era el único que llevaba. No sé cuándo han podido tocarlo, espero que no haya sido hace mucho.

–¿Estaba en tu casa el día que la registraron?

–No, ya lo pensé, pero no, ese día llevaba los dos en la mochila.

–No te preocupes. Tiene que ser el de la asesoría, los nuestros son demasiado malos para admitir una manipulación –dijo Agustín–. Usa ese móvil. Comprueba cuánto te dura la batería. Úsalo todo lo que puedas pero no se te ocurra llevarlo contigo cuando estés con cualquiera de nosotros.

–Nunca los llevo –dijo Laura–. Ni el de la asesoría, ni el nuestro. Me lo advirtió Armando al principio.

–Ahora va a ser diferente. No deben saber que sabemos. Sería bueno que lo llevaras alguna vez que me llames por el otro para cosas que no nos comprometan. Y también, cuando estés con Hull, aunque sea en una situación íntima.

–Voy a irme tres días con él, al mar.

–¿Puedo preguntar por qué? –La mano morena de Sedal se recortaba sobre un plástico transparente con lunares blancos.

–A veces encuentras a alguien que te calma –dijo Laura.

Sedal se internó entre dos cortinas lisas de tela, una blanca y otra amarilla, para cruzar al otro lado.

–Sabes que no voy a decir nada. Sabes que confío en ti.

Laura pasó con él al otro lado del perchero. Les rodeaban ahora toallas de todos los tamaños y tres maniquíes con albornoces. Sedal, escoltado por dos de los maniquíes, parecía estar dentro de una comedia americana y sin embargo seguía emanando aplomo, como si aquel contexto no pudiera mezclarse del todo con él.

–Tendré cuidado –dijo Laura–. No por mí. No sólo por mí.

Se dirigieron a las escaleras mecánicas, camisones, colchas, ropa interior femenina. Al pie de las escaleras, Agustín reparó en el reloj de Laura:

–Sigues llevándolo, el reloj de tu padre –dijo.

–Lo llevaré hasta que deje de funcionar. Últimamente pienso que mi padre sabía lo que iba a pasarles, a mi madre y a él. Y que por eso me lo dio.

–Una sola vez en los once años que han pasado desde que murieron, voy a hablarte como lo habrían hecho ellos –dijo entonces Sedal.

Salió de la trayectoria de las escaleras. Se acodaron en un mostrador con sábanas para niños.

–El desastre –dijo Agustín–, la resignación, el deseo de perder para descansar, no merecen la pena.

–Son tres días –dijo Laura–. Tal vez averigüe algo.

Los dos se quedaron mirando una sábana desplegada y expuesta. Era de color azul marino con planetas rojos y naranjas, y un astronauta blanco y un cohete blanco.

–No, no. No lo utilices –dijo Agustín–. Es un consejo de viejo amigo, pero también es una orden.

–Entendido –dijo Laura, y apretó la mano de Sedal.

–No te lleves el móvil a ese viaje –dijo Agustín–. Cuando vuelvas, les daremos un recital.

Llegaron en avión, y después en taxi. Laura no había querido que Hull pagara su billete aunque sí aceptó que costeara el taxi y la habitación en el hotel. Le parecía que al pagar ella el avión se responsabilizaba de su ida y de su vuelta, mientras que el intermedio podría estar de verdad en otro mundo, como a veces se corta la respiración.

El hotel era pequeño y exquisito. Dos ventanas grandes, edredones granates, albornoces y zapatillas del mismo color, una mesa amplia con folios y lápices de madera, dos butacas y una mesa pequeña. No había botecitos con jabones sino un bote grande de color gris con un dibujo de rocas y un gel que era también champú y que olía a salitre. Las ventanas daban al mar, como el salón donde tomaron café. Más que estar cerca de la playa, el hotel estaba en la playa. Salieron por la puerta y ya pisaban la arena, anduvieron unos metros hasta la orilla dura y mojada. No hacía sol, nadie se bañaba. Dos o tres parejas y algún hombre y alguna mujer solitarios iban por la orilla vestidos como ellos. Philip le había pasado la mano por el hombro y Laura no sentía frío.

Llegaron casi hasta el final de la playa. Allí había una pendiente suave y arriba un pequeño paseo de arena y hierba con bancos de piedra. Se sentaron en uno de los bancos. A veces salía el sol entre las nubes y después se ocultaba.

–Cuando yo tenía nueve o diez años –dijo Philip– me empeñé en que me compraran uno de esos barcos que están dentro de una botella. Mi madre no quería. Mi padre no entendía por qué y discutieron. Casi nunca discutían delante de mí. Mi padre compró el barco. Yo le di las gracias pero al llegar a casa no sabía qué hacer con él. Me subí a una silla y lo puse en el estante más alto de mi cuarto. Pasó bastante tiempo. Un día fui a tirar una piel de plátano a la basura y lo vi ahí. No dije nada. Por la noche cenamos los tres callados. Yo miraba a mi madre todo el tiempo y ella hacía como que no se daba cuenta. Entonces miré a mi padre y vi que había llorado.

–¿Qué había pasado?

–No lo sé.

–¿No se lo preguntaste? ¿Ni siquiera después, años después?

–No. Me daba miedo hacerlo.

–¿Y ahora?

–Mis padres murieron hace diez años. Primero murió mi madre, y dos años después mi padre.

–Los míos –dijo Laura– murieron los dos a la vez.

–¿Cómo?

–Un accidente. Un accidente de autobús. Estaban en Angola, eran médicos. No sé qué habían ido a hacer allí exactamente ni por qué cogieron ese autobús, pero se salió de la carretera y cayó por una pendiente. Murieron casi todos los pasajeros.

–Lo siento mucho –dijo Philip.

Laura se tumbó en el banco de costado, con la mejilla apoyada en el muslo de Philip; él tuvo de nuevo la impresión de que podía contenerla, sujetarla en vilo. La iba peinando con los dedos.

El sol se fue del todo y empezaron a caer gotas. Ellos volvieron al hotel. Hull miraba el mal tiempo desde la ventana cuando preguntó:

–¿Crees que puede saliros bien, el repliegue?

–No lo sé –dijo Laura.

–Ya, pero me gustaría saber lo que crees.

–¿Por qué? A vosotros os da igual.

–Hombre, igual.

–Nunca apoyaríais esta operación. Sólo os importan nuestras divisiones.

–Eso es lo que dice Sedal.

–Philip, no tengo cinco años.

–Entonces dímelo –dijo Hull–. Dime qué piensas de todo esto.

–Éste es un día de historias –dijo Laura. Se sentó en una de las butacas de madera y le contó a Hull la historia del hombre de la plaza.

Una vez, en Cuba, con dieciocho años, se había enamorado de un hombre de treinta que a los pocos meses dejó la isla para irse a trabajar a un centro de biología en California. Laura nunca supo si él había llegado a tomarla en serio. Cuando le contó que iba a marcharse, no se molestó en buscar justificaciones. Le pagarían bien, podría seguir investigando con mejores medios. Laura recibió una sola carta suya que no quiso leer. Pero aún le recordaba. Recordaba sobre todo que el hombre le había mostrado una fotografía: sólo algo más de la mitad de una plaza rectangular, sin coches, con unos pocos árboles y edificios de a lo sumo cuatro pisos. «¿Quién hizo la foto?», había preguntado Laura. «Y eso qué importa», dijo el hombre, añadiendo: «Yo querría vivir ahí.» El hombre se llamaba Julio, aunque Laura le había hecho desaparecer de su vida de tal modo que aún en sus recuerdos le llamaba el hombre. La plaza, en cambio, no había desaparecido. Nunca supo de qué país era, de qué ciudad. Si la viera ahora, o incluso si volviese a ver la fotografía, a lo mejor no la reconocía, porque a lo mejor la imagen que ella guardaba en su cabeza no era ya la misma de la fotografía. Sin embargo, lo cierto era que el hombre le había dado una plaza, los adoquines, los árboles, las puertas y los edificios quietos y como esperando.

–Pero –dijo Laura– yo no quiero vivir en ninguna plaza, yo quiero vivir en Cuba, en el único país que conozco que no ha aceptado la ley del sálvese quien pueda. Y que cada día intenta arreglárselas para ver si consigue vivir y que le dejen vivir en rebeldía contra esa ley.

–¿Lo consigue? –preguntó Hull, sentado ahora frente a Laura.

–Muchas veces no. Pero lo intenta. Y tú me preguntas si quiero que salga adelante el suicidio. Me preguntas si quiero quemar la plaza, la fotografía y mi recuerdo. Si quiero vivir sin eso.

–¿Y quieres?

–Cuba lleva mucho tiempo resistiendo. Yo no quiero que se entregue. Pero no se puede vivir siempre resistiendo. Hace falta florecer.

–Cambiarás esa plaza por otro lugar.

–No –dijo Laura–. No haré eso.

–No te entiendo –dijo Philip.

–Yo creo que sí me entiendes.

Después de comer fueron a la parte antigua del pueblo. Había una tienda pequeña donde vendían pulseras, anillos, pendientes de formas irregulares, como esculturas minúsculas. Philip quiso entrar. Laura señaló el final de la calle y dijo que le esperaría ahí, en una plaza redonda.

–Si es redonda –dijo Philip–, no es la tuya.

No se atrevió a elegir pulseras ni pendientes, nunca había visto a Laura con algo así. Había unos pasadores de plata como rectángulos partidos. Philip compró uno. Se lo dio a Laura después, cuando estaban dentro de un café. Laura rompió el papel y estuvo acariciando el pasador todo el tiempo.

–¿Y tú –dijo–, cuál es tu plaza?

–Está –contestó Philip– enfrente de mí.

Laura le había mirado cuando hizo la pregunta y siguió haciéndolo mientras él contestaba.

–Quieren el dinero al mismo tiempo que la lista –dijo Marian Wilson.

–¿Podemos dárselo? –dijo Carter.

–Sí podemos. Pero en mi opinión no deberíamos.

–¿Ha ocurrido algo?

–No –dijo Wilson.

–Habla –dijo Carter, y Wilson oyó el clic del mechero y la respiración que seguía a la primera calada.

–Tres millones de dólares es demasiado dinero por una lista y una declaración que podría escribir cualquiera.

–El año pasado gastamos once millones para conseguir ¿qué?: unas cuantas denuncias de supuestas violaciones de derechos humanos.

–No sólo eso. Hubo proyectos, y muchas denuncias fueron más que supuestas.

–Otras muchas no.

–No es lo mismo –dijo Wilson–. Parte de ese dinero tal vez lo hayamos perdido, pero no se volverá contra nosotros.

–Que unos cuantos cubanos se fuguen con nuestro dinero no quiere decir que se vuelva contra nosotros.

–Te refieres a la posibilidad de que sean unos corruptos. Eso no sería tan malo. Pero ¿y si no lo son? ¿Y si todo esto es una maniobra del gobierno cubano?

–¿Otra vez con lo mismo? ¿Por qué iban a prender ellos la llama del suicidio, con un alto riesgo de quemarse, sólo a cambio de tres millones? Y aun poniéndonos en lo peor, ¿qué pueden hacer con tres millones? ¿Comprar manzanas y regalar una a cada cubano? ¿Dieciocho millones de manzanas?

–Supón que lo hicieran. ¿Qué pasaría en Miami?

–No creo que llegaran a enterarse. Los cubanos serían los primeros interesados en que nadie se enterase. Marian, ¿sabes algo que yo no sepa? ¿Por qué estás tan segura de que mienten?

–No lo estoy. Es sólo que me preocupa más que a ti cometer una equivocación.

–Si nos equivocamos y el exilio se entera, les diremos que corrimos el riesgo. Es nuestro trabajo.

–Preferiría que no ocurriera.

–Yo también –dijo Carter–. Tres millones no son doscientos dólares. Nos la estamos jugando, ¿y? Nos han ofrecido algo interesante, lo más interesante que hemos oído en los últimos veinticinco años. Nos gustaría conseguirlo a cambio de nada. ¿Tienes alguna propuesta?

–En el exilio hay personas razonables.

–Sin duda.

–¿No podríamos consultarles?

–No, no podríamos. Las personas razonables de las que hablas no están arriba.

–La entrega será pronto –dijo Wilson.

–Llegaré el domingo a media tarde –dijo Carter.

Esa noche Laura le hizo prometer a Hull que al día siguiente cogerían el ferry hasta Hondarribia.

–¿Has estado allí? ¿Te gusta?

–No he estado –dijo Laura–. Me gustan los ferrys.

Salían de un restaurante y fueron a sentarse a un bar con terraza cubierta. El mar sólo se oía.

Laura llevaba puesto el jersey azul claro. Se había recogido el pelo con el pasador de plata, pero sólo una parte. Su melena castaña seguía cayendo a los dos lados de la cara, aunque más liviana ahora. Hull la miraba y pensaba en su plaza. Había jugado a la galantería al decirle que ella era su plaza pero ahora se preguntaba si no podía ser cierto. Solicitaría un destino diferente. En vez de tratar de imponer su legítima aspiración al puesto de consejero, pediría un cargo honorable y no mal remunerado en alguna organización internacional. La FAO, por ejemplo. Se lo había ganado. De ese modo las cosas no serían tan violentas para él ni tampoco para Laura. Dispondría de más tiempo. Viajarían. Empezaría a escribir su libro. Y ella estaría con él, en las noches y en los mediodías. Un cierto sentido del futuro, un sentido que él había dejado de usar hasta casi perderlo y que alentaba en ella, en su forma de hablar, en las palabras que decía, en su forma de frotarse los ojos. Un cierto sentido del futuro empezó a despertarse en las yemas de los dedos de Philip y era parecido a la excitación sexual, pero no idéntico.

–Cuando esto termine –dijo–, ¿tú seguirás involucrada? ¿Serás de las que estén en Cuba promoviendo el suicidio?

–No puedo contestar a eso.

–No intentaba sonsacarte. No se me ocurriría. Sólo quiero saber tus planes, qué piensas hacer.

–Piensas hacer –dijo Laura–. Es como esa otra expresión: qué te hace pensar. ¿Cuánto crees que vale la vida de un norteamericano, de un estadounidense?

–¿Nuestra renta per cápita?

–No. Imagina una media aproximada. La renta per cápita de un iraquí, considerando el petróleo, no es baja. Pero las vidas de los iraquíes valen poco. Las vidas de los norteamericanos valen más, ¿cuánto más?

–Valen igual –dijo Philip Hull, solemne.

–No, no. –Laura sonreía–. Deberían valer igual, a lo mejor un día llega a suceder, pero el hecho es que ahora valen más. Tú lo sabes. Todo el mundo lo sabe. ¿Cuánto más? Con sinceridad, anda.

–Cien veces más.

–Tiras por lo bajo, pero bueno. Pongamos que es así. ¿Y también cien veces más que la vida de un boliviano?

–Digamos que noventa veces más.

–¿Y que la de un mexicano?

–Sesenta veces más.

–¿Y cuánto más que la de un chileno?

–Sesenta veces más.

–¿Setenta? –preguntó Laura.

–No. Sesenta –dijo Hull mirando a Laura directamente a los ojos como si quisiera demostrarle que podía aguantar, que estaba dispuesto a aguantar.

–¿Y que la vida de un salvadoreño?

–Noventa veces más.

–¿Y que la vida de un cubano? –dijo Laura.

Hull creyó sentir la bofetada, el círculo rojo en la piel. Le habían ofendido y quiso levantarse, dejarlo todo, volver a Madrid. Pero Laura tomó su mano.

–No estoy pensando en nosotros dos. Te pido sólo que me contestes como teórico, como experto en relaciones internacionales. Tú querías saber. Quieres saber lo que haré después.

–La vida de un norteamericano vale treinta veces más que la vida de un cubano –dijo Philip Hull.

–Ése es tu cálculo, tu cálculo real, no lo dices por estar hablando conmigo.

–Es mi cálculo real, aproximado pero plausible.

–Entonces valemos más que los bolivianos, más que los salvadoreños, más que los chilenos y que los mexicanos.

–En este momento sí –dijo Hull.

–¿Y hace diez años?

Hull se quedó callado. Deseaba acabar de una vez con aquello, pero al fin dijo:

–Hace diez años también.

–¿Lo ves? –dijo Laura.

–No –dijo Hull–. No sé qué quieres que vea.

–Quiero que veas que Cuba no debe de ser un país

tan horrible como lo pintan si ha contribuido a aumentar un poco el sentido común, el sentido de lo que debieran ser las vidas.

–No te preguntaba por tus ideas, te preguntaba por ti, por lo que vas a hacer.

–Supongo que yo también soy mis ideas.

–Laura, ¿por qué esta guerra ahora? Yo no desprecio Cuba, ni mucho menos a ti.

–Pero quieres saber –dijo Laura. Le temblaban los labios y Hull se dio cuenta de que había imaginado cualquier cosa, cualquiera menos verla llorar.

Laura ya no estaba, se había levantado, la vio de espaldas poniéndose su gruesa chaqueta negra. Cuando volvió a sentarse, parecía tranquila. Sólo dijo:

–Me estaba quedando fría.

Philip pidió la cuenta y Laura aceptó que la invitara. Volvieron paseando. En la oscuridad se distinguía la silueta negra de las montañas que iban a dar al mar. Ellos atravesaban la franja intermedia, la zona de las casas y los árboles y el alumbrado público. Siempre ocurría igual, había grandes extensiones y en medio zonas habitables. Y Philip Hull pensaba que tenía que encontrar la zona habitable de Laura Bahía, la zona habitable de él con Laura Bahía. No sabía bien por qué tenía que hacerlo o si era sólo que le gustaría o quizás que le dolía no encontrarla. El hotel se hallaba más lejos de lo que les pareció en taxi a la ida. Mientras andaban el fondo último del mar atenuaba la violencia de estar callados, de seguir callados. Sin embargo, ése era un día de historias y Philip imaginó ahora una para Laura:

–Te voy a contar algo. Mi plaza –dijo– iba a estar en la mina de un lápiz. Yo iba a ser un anciano muy delgado, capaz de valerse por sí mismo. Viviría en una ciudad pequeña de un país con sol durante todo el año. Mi hijo y mi nuera vendrían a pasar una o dos semanas conmigo. Mi nieto, con veinte años ya, vendría por su cuenta para cambiar de aires y hablar con su abuelo de algo que no fueran mis propias batallas. Yo iba a vivir con cierta comodidad. Yo iba a esperar la muerte tomando vino blanco y aceitunas en las mesas al aire libre de un bar, quizás en el pueblo donde dicen que vivió uno de los atracadores del tren de Glasgow, Mojácar, en Almería. Pero mi plaza no estaría en Mojácar, ni en Almería, ni en Río, ni en Managua, ni en Maryland, el lugar donde nací. Mi plaza iba a estar en las minas de unos lápices de jóvenes desconocidos. Ellos, con sus lápices, habrían subrayado algunas frases de mis cartas desde Managüa. Y mi plaza estaría allí, en las minas de los lápices, en los minúsculos fragmentos de grafito desprendidos para quedarse en el papel formando algunas líneas. Mi plaza iba a ser un momento cruzado entre dos tiempos: cuando yo escribía y cuando un joven o una joven estudiante de relaciones internacionales comprendiera alguna de las pocas no-verdades absolutas que ahora sé y que yo iba a dejar caer en ciertos párrafos de esas cartas bolivianas o nicaragüenses. Allí, en el grafito desprendido y también en el perfil del índice y el pulgar que sostienen el lápiz, en la fuerza precisa con que aprieta la mano. Ahí estaría mi plaza, pero ahora te toco –dijo Philip– y mi plaza no me parece suficiente.

Hull apretó el hombro de Laura como si fuera a cogerlo, como si pudiera cogerlo y llevárselo. Después le hizo cosquillas en la nuca suavemente y continuó:

–No me parece suficiente porque he imaginado al joven que subrayaría mi libro con mis años, escribiendo su libro y soñando su plaza en la mina de lápiz del joven que vendrá.

–¿Y si ese chico hiciera algo con tus no-verdades? –preguntó Laura.

–¿Qué podría hacer? Nada. No podría...

Laura hizo callar a Hull poniendo primero una mano en sus labios y después su boca. El deseo estaba en la punta de sus pechos, en el borde de la piel, lo llevaba consigo y sólo hacía falta una leve mordedura para que toda ella le llamara y Philip Hull asentía con las manos rojas y eran los diez o quince minutos que aún les faltaban para llegar a la habitación como dar en el blanco de todas las imaginaciones, como saber, porque sabían, porque tenían la absoluta certeza, que iban a tocarse durante un sueño largo y nítidamente recordado y al mismo tiempo asible, real.

CUARTA CARTA

Todo empezó a estropearse. No, no estoy pensando en la irritación, ¿quién no conoce la irritación, cuando la sierra eléctrica corta el hierro y hace brotar un arco de partículas incandescentes que cubre la oscuridad? Es el gasto, es el roce de las células de un cuerpo, porque a veces dos se parecen a un cuerpo y son un organismo vivo. Conocemos la irritación, sabemos que se disipa. En segundos o en horas las partículas de fuego desaparecen y con ellas una mínima parte de nosotros. No, no fue por la irritación.

Sucedió de repente. Yo me dejaba llevar por él, él se dejaba llevar por mí y no había más preguntas. No había prisa. Pero aún no habíamos vuelto de nuestro primer viaje cuando mordimos la manzana. Supongo que tuvimos miedo de que alguno de los dos se adelantase. De que alguno de los dos eligiera un lugar antes que el otro y empezara a fijar el rumbo. Supongo que tuvimos miedo precisamente por ser tan difícil elegir un lugar para los dos.

¿Sabe por qué llamo fragorosos a los sueños, a los suyos y a los míos, señor director? Por el estrépito, sí, por el estruendo, porque no dejan oír, así el mal tiempo en los acantilados, y son confusos, así el fragor de la batalla. Los sueños fragorosos no son los sueños de quien aspira a comprarse tres vacas, a tener una tienda o un hijo futbolista. No consisten jamás en lo concreto, ni siquiera en lo fantástico concreto, que nos toque la lotería o nos lleve a una estrella un platillo volante. Ni son, tampoco, los sueños colectivos, el sueño de un país que en el año 1992 estaba en quiebra y soñó con salir adelante y avanzó hacia el lugar marcado por su sueño.

Los sueños fragorosos en cambio dicen: cuando se haga la transición en Cuba yo..., y se abren los puntos suspensivos y resuena el fragor de lo impreciso porque los sueños fragorosos son iguales en Madrid y en La Habana, en Copenhague y en Montevideo, dibujan el contorno evanescente de una vida sin trabas, lejana, extraordinaria, donde hacer daño a otro y darse cuenta no fuera posible. Dibujan en su caso, señor director, tal vez, borrosos horizontes de reconocimiento sin las servidumbres del reconocimiento, o un confuso periódico en verdad independiente, valeroso, fiel a la verdad y al mismo tiempo célebre, influyente, deseado; dibujan la contradicción sin que se vea. Detrás del fragor aguardan sus contrarios pero no se distinguen, porque si se distinguieran dejarían de ser sueños de los que sólo oímos el murmullo para ser la prosa didáctica y vulgar que esos sueños aborrecen, la prosa que debería explicar cómo puede darse una explotación del hombre por el hombre mala y una buena, una injusticia mala y una buena.

Yo tuve un novio, o algo parecido. Podría haber olvidado Cuba y vivir ahora con él, ir ascendiendo un poco en la asesoría fiscal, disfrutar comprando muebles y viendo el vídeo o la televisión cuando cae la noche. Si Cuba no existiera yo podría haber vivido con Eduardo comprando deuvedés y con los sueños. Pero existe Cuba, que es como decir que existe la posibilidad de actuar. La posibilidad de un sitio no sometido a la lógica del beneficio que siempre lleva aparejada la lógica de la beneficencia. Con todas sus limitaciones, claro. Con el conflicto y el error que están dentro de la isla y con la presión que está fuera. Porque Cuba no es un paraíso ni podrá serlo nunca. No hay paraísos en la tierra, no hay cielos en la tierra sino tierra en la tierra.

Yo podría haber vivido con Eduardo comprando deuvedés si la revolución cubana no existiera. Y en los momentos del absurdo, al exprimir al emigrante, al consolar al despedido, al sonreír al poderoso, al acumular y al temer, me calmarían los sueños, los suyos y los míos, señor director. Porque usted también fue de izquierdas, dicen, y quiso no vivir a costa de otros. Pero es así como vivimos. Nosotros a costa de otros, y otros a nuestra costa, más a la mía que a la suya, si me lo permite. Fuimos de izquierdas y vivimos para siempre como si fuéramos de derechas, qué importa a quién votemos si el criterio sigue siendo que algunos hombres y algunas mujeres vayan a caballo de otros hombres o de otras mujeres. No es romántico, eso. Es más bien vergonzante y puede hacernos tener mala conciencia. Claro que a lo mejor usted ya es de derechas y yo no logro imaginar bien la cabeza de un hombre de derechas. Aunque no se cambia nunca por completo precisamente porque cambiar implica permanecer, el triángulo cambia sólo si sigue siendo triángulo, si se convierte en luna ya no cambia, deja de ser, desaparece y viene el astro en su lugar. Pero si el hombre deja de ser, muere, por eso sólo cambia a trozos, sólo unas partes cambian y otras continúan. De la mala conciencia que aún le pueda quedar, le diré que es inútil. No hay rebelión en ella porque la rebelión tendrá que venir de quienes nos soportan sobre sus hombros o de que fuéramos nosotros capaces de expulsar a los que pesan sobre los nuestros. Y no lo haremos, señor director.

Vivir con Eduardo comprando deuvedés a caballo de otros y siempre con un miedo de fondo a perder posiciones, a caer. Una vida triste si bien se mira, pero se trata de no mirarla bien, se trata de tomar la realidad como un tablero de damas del que se hubieran quitado los cuadrados negros. Y para no ver la ausencia, los agujeros, el cerco que dejó el marco en la pared, para eso están los sueños.

Parece complicado; sin embargo es sencillo, señor director. Bastante más sencillo que el avión turbo I. Porque fabricar ese avión significa estar del todo ahí, en la mesa, el papel desplegado y abierto el manual. Estar en el presente haciéndose cargo de cada movimiento. En cambio usted y yo elegimos no residir nunca del todo. Por eso no lloramos, señor director.

El amor es un pacto inseguro. Hay combinaciones duraderas. No obstante, se suele estropear y llorar no es necesario. Los astutos no lloran, señor director. Pueden llorar por fuera, pueden gemir y sollozar, pueden temblarles los labios, pero por dentro saben que no perdieron. Que no perdieron porque no entregaron. Porque en lo más íntimo, en lo que sólo a ellos pertenece tampoco entró el amor y siguen a la espera, y anhelan el momento en que la vida por fin se cumplirá.

No se cumplirá nunca, señor director. Lo digo con asombro y desconcierto. Intentas mantener las cosas en orden y un día te das cuenta de que no lo harás. Veintiocho años es pronto para darse cuenta. O quizás no. Quizás usted también lo supo a los veintiocho años. ¿Qué hizo luego? Hizo como que Cuba no existía y, en medio del desorden, avanzó tomando posiciones. Se hizo fuerte para vivir bajo la ley del más fuerte escondiendo en sus sueños, en el lado más frío de la almohada, su debilidad. Entretanto, de vez en cuando, si se le presentaba la ocasión, escribía un texto o firmaba un manifiesto en donde solicitaba que la revolución cubana dejara de existir. Para usted no fue difícil. Para mí es imposible.

Descalza, pisa su suelo; en su reproductor de cedés, hace que suene esta vieja canción: «¿Dónde pongo lo hallado en las calles, los libros, las noches, los rostros en que te he buscado?»

Laura Bahía

5

Había tormentas en Hendaya; el ferry estaba casi vacío. Laura resplandecía. Cuando llevaban diez minutos en el barco, salió el sol. Laura iba de un lado a otro asomándose al agua. Después se sentó en el último banco, la cabeza inclinada sobre una barra blanca, su mano derecha en la mano derecha de Philip Hull. De vez en cuando, Laura cerraba los ojos y entonces Philip experimentaba una sensación de contrariedad.

–¿En qué barco te estás imaginando ahora? –preguntó.

Laura abrió los ojos:

–En éste –respondió.

–¿Por qué te gustan los ferrys? –preguntó Philip–. No van a ninguna parte. Quiero decir que van siempre al mismo sitio. Van y vuelven. No se quedan. No viajan. Se parecen más a un autobús urbano que a cualquier otra cosa.

–Me gustan por eso, porque no viajan –dijo jugando a aceptar la provocación–. Tú eres de las pocas personas que conozco que viajan de verdad. Viajar es no volver, al menos no volver durante mucho, mucho tiempo.

–¿Estás pensando en Cuba?

–No siempre pienso en Cuba –dijo Laura–. Dices que

los ferrys no viajan y yo pensaba que, en realidad, la mayoría de los viajes de hoy son como fantasías diurnas. No hay ninguna transformación; sólo juegas a que podría haberla, a que podría pasarte algo.

–Yo no juego a eso.

–Era una forma de hablar –dijo Laura–. No me refería a ti sino a cuando se habla del viaje en general. Como si ir a Florencia o a Tánger significara poder perder el propio destino y aceptar otro que no sería el nuestro. A lo mejor el viaje fue eso, hace años. Ahora siguen hablando de él como si no hubiera cambiado, como si ya viajar no fuera un acto artificial.

–¿Te refieres a este viaje?

–¿A nuestro viaje a Hendaya? –Laura sonrió y miró a Hull con un resto de tristeza–. No –dijo–. Los dos tenemos que volver y lo sabemos.

Se besaron. Las manos de Hull estaban sobre la piel de Laura. Entre el temblor y la risa buscaron un lugar más discreto, se fueron desnudando sin quitarse la ropa, a veces veían el mar.

Salieron del rincón como dos colegiales. Laura le propuso subir al piso de arriba. Allí sólo había una pareja con máquinas de fotos. Se alejaron de ellos. El barco se movía más. Una llovizna suave les mojaba las manos y la cara.

–Mira –dijo Philip señalando a la pareja de las cámaras–, turistas. Los ferrys son tan falsos como todo lo demás.

Philip Hull notó la violencia en su voz casi a la vez que Laura. No tenía nada contra ella pero necesitaba demostrarle que los ferrys no eran diferentes, que no había tregua ni podría haberla, ni siquiera la del tiempo de travesía, para quienes pensaban como ella.

–Sí –dijo Laura, y sintió rabia por ella misma, por los

dos, porque deseaba el enfrentamiento que Hull estaba buscando. Trató de aparentar indiferencia y dijo–: Supongo que a estas alturas ya no son realmente útiles. Supongo que se mantienen por el turismo. Pero son bonitos.

–También Florencia es bonita –dijo Hull–, y Tánger.

–Nunca he estado allí –dijo Laura en el mismo tono desafiante que había usado Hull.

–¿Entonces por qué criticas a quienes viajan a esas ciudades o a otras?

–No a quienes viajan, sólo a quienes piensan que viajando a Florencia, a Tánger, qué más da, podrían perder su destino y encontrar otro. Tú sabes, nadie se lleva el destino a los viajes, porque el destino pesa toneladas.

–Los emigrantes se lo llevan.

–En parte se lo llevan. –Laura intentó pensar que no era a Philip a quien quería atacar, ni era contra ella contra quien Philip estaba peleando. Pero aún dijo–: Los emigrantes no viajan: emigran.

–Si no soñamos con no volver es por miedo –dijo Philip.

–No lo creo –dijo Laura–. Soñar es fácil. ¿Quieres que planeemos no volver?

–Planes o sueños, qué más da.

–¿Vendrías conmigo a Cuba?

–¿Y tú, acompañarías en sus viajes a un agregado político norteamericano?

–Ves, ahora sí estás hablando de planes.

–También podríamos irnos del todo –dijo Philip–. Yo dejaría mi puesto en la embajada y tú dejarías...

–¿Mi racionalidad? ¿Mis ideas?

–Dilo como quieras.

Laura bajó los ojos. En el suelo estaban tirados algunos folletos con el ferry fotografiado junto a cifras y restos de pisadas. Miró entonces hacia atrás, el horizonte y la estela de espuma, buscando la felicidad de hacía diez minutos:

–Y nos iríamos –dijo despacio– a Laponia, a vivir en casas esquimales.

Con una cierta ternura, Philip preguntó:

–¿Tú estarías dispuesta a perder tu destino por venir conmigo?

–No sé –y parecía implorar– si es la mejor manera de plantearlo.

Philip Hull besó la lluvia en las manos de Laura. El barco se movía cada vez más y Hull también se movía, pero Laura estaba quieta como si no fuera un cuerpo ni tampoco un mástil ni la barra de una barandilla sino sólo un eje, una línea imaginada.

Miguel Arrieta se acercó al borde del andén de la estación de Robledo de Chavela. Sedal había llegado tres horas antes. Aunque el pueblo estaba a apenas una hora de viaje desde Madrid, ambos habían invertido más de dos horas en hacerlo, bajándose en estaciones intermedias y esperando hasta asegurarse de que era imposible que nadie les siguiese. Además, se habían citado con tres horas de diferencia.

No obstante, Sedal no las tenía todas consigo. Estuvo inspeccionando la estación. Oteó los alrededores con unos prismáticos. Cuando llegó Arrieta él permaneció a quinientos metros de distancia mirando, a la espera de que todas las demás personas, tres en realidad, que habían bajado del tren con Arrieta se hubieran ido.

–¿Tú sabes a lo que más se parece Cuba ahora? –preguntó Sedal después de los saludos.

–Dímelo –dijo Arrieta.

–Se parece a una de esas grandes empresas que están a punto de ser absorbidas por un grupo mayor. Despedirán a más de la mitad del personal, ahorrarán en todo, eliminarán servicios imprescindibles pero poco rentables y harán que sea negocio.

–No les será fácil –dijo Arrieta.

Sedal se acercó también al borde del andén y pidió a Arrieta que le siguiera. Cruzaron la vía desierta por entre los raíles. Sedal fue hasta el punto de la ladera donde antes había estado observando. Se sentaron en una roca amplia junto a unos arbustos.

–A veces exageras con las precauciones –dijo Miguel Arrieta.

–Nunca se exagera.

Del interior de una cartera negra Sedal sacó un paquete envuelto en papel de embalar. Deshizo el envoltorio con cuidado y le mostró a Arrieta una mochila de montaña.

–Quiero que la veas –dijo–. Cuando le den el dinero, Laura lo meterá en una mochila igual. Después entrará en el metro. En algún punto de su trayecto habrá otra mochila idéntica con fajos de papel que será lo que ella me entregue. Y, después de un par de relevos, una chica vendrá probablemente en coche hasta aquí y apoyará la mochila con el dinero dentro ahí, en la esquina de esa pared.

–No me gusta la idea del metro.

–Estáte tranquilo. Nadie lo conoce mejor que nosotros. Contamos con dos recorridos en ninguno de los cuales es posible que una persona siga a otra. Habrá dos mochilas con fajos de papeles para darle a ella libertad si encuentra algún imprevisto.

–Pero si la pierden, no sabrán que te lo ha dado.

–La perderán y volverán a encontrarla. Y, en cualquier caso, a mí me tendrán vigilado.

–Si ella les despista, sospecharán, no se creerán nada.

–Los recorridos están bien estudiados. No parecerá que es ella quien les despista, parecerá que son ellos quienes la pierden y después la vuelven a encontrar.

Miguel examinó la mochila y Sedal la guardó.

–¿No podríamos tomar una cerveza? –dijo Arrieta.

–De acuerdo, pero no en el bar de la estación, no quiero que alguien vaya a fijarse en ti y se le ocurra saludarte el día de la mochila.

–Sigo pensando que exageras.

De nuevo cruzaron la vía. Descendieron hasta una carretera y allí no había ningún bar.

–¿Y mi cerveza?

–Un poco más adelante de esas casas encontraremos algo.

–¿Cómo es Laura? –preguntó Miguel Arrieta.

–¿Por qué lo preguntas?

–Bueno, Hull me habla de ella, tal vez un día me la presente y yo no la he visto nunca.

–De eso se trata, de que no la hayas visto nunca.

–Igual la voy a haber imaginado, Agustín.

–Pequeña, uno sesenta y cinco de estatura, pelo castaño, flaca, ojos verdimarrones, alegre y melancólica.

–¿Inteligente?

–Todas las personas alegres y melancólicas lo son.

–Ocrán-Sanabú –dijo Arrieta.

–¿Qué?

–Nada, que no quieres hablar de ella, y lo acepto.

–Pero ¿qué palabras has dicho?

–Ocrán-Sanabú.

–¿Qué significa?

–Significa déjalo. Significa no insistas. Es algo que me digo a veces. Mira, ahí hay un bar.

Entraron en un mesón de muebles rústicos y recios.

–Tengo una teoría –dijo Arrieta–. Esta vez es buena, esta vez puede que me dure unos cuantos meses.

–¿Entonces, cerveza? –dijo Sedal, y pidió dos al camarero.

–Siempre me dio miedo perder y no por la derrota sino por la resignación –dijo Arrieta–. Siempre tuve miedo a ese momento en el que uno admite que nunca estará entre los ganadores y decide que sólo le queda pasarse al enemigo o vivir compadeciéndose de sí mismo.

–O trabajar para los que vengan detrás.

–Tienes razón, pero para eso hay que ser fuerte. Yo no soy tan fuerte. Yo jugaba a pensar que ganar o perder era cuestión de tiempo, que nunca está del todo terminada la partida. Era una mala teoría, un pobre consuelo. Ahora tengo la teoría de la infiltración. Yo no soy un infiltrado, Agustín. Yo filtro en realidad. Los grupos de exiliados con los que entro en contacto pasan a través de mí y me dejan su información como si fuera cal u otra sustancia que yo retengo. Infiltrarse es distinto. El agua se infiltra en la tierra, penetra en sus poros y la tierra cambia. Una continua y persistente infiltración, ésa es nuestra salida. La única posible si no queremos mentirnos ni tampoco resignarnos.

–¿Con nuestra salida te refieres a la tuya y la mía, o a la de Cuba?

–La tuya, la mía, la de Cuba, la de los comunistas que existen diseminados por la tierra.

–Te estás volviendo muy cristiano, tú.

–Es posible. Pero lo que intento es buscar una salida no trascendente. No convertiremos la tierra en mar, pero cuantos más seamos más charcos, más jaleo. Actuar para modificar el equilibrio.

–¿Cómo?

–Creciendo y multiplicándonos.

–Muy cristiano, sí.

–Es mi mejor teoría, por ahora.

–¿Y qué tiene que ver con esas palabras: Ocrán-Sanabú?

–Esas palabras son de un tiempo en que no tenía teorías. Cuando pensaba que perder es aceptar que las cosas no signifiquen, no vayan hacia ninguna parte.

–Le daré vueltas –dijo Sedal–. Ahora tenemos que trabajar.

–Creí que ya habíamos terminado.

–Quedan los detalles de la compra.

–Ya están resueltos. Tecnología punta, holandesa y coreana. Los holandeses montarán ellos mismos una empresa pantalla si les pagamos al contado, claro.

–¿Y las comisiones?

–Con el bloqueo siempre suben, ya lo sabes. Un diez por ciento, no he podido conseguir menos.

–¿Hull podría sospechar algo?

–Hull no conoce mis negocios con tanto detalle.

–Pero los americanos querrán seguir la pista de ese dinero.

–No tan pronto. Eso dijiste.

–Es verdad –dijo Sedal–. Les daremos una buena batería de pistas falsas.

–¿Qué hará Laura? ¿Vais a llevarla a Cuba?

–Tiene que decidirlo ella. ¿Y tú, Miguel? ¿Qué harás tú con Hull?

–Faltan dos meses o menos para que le trasladen. Después supongo que nos distanciaremos.

–Traicionar es duro.

Miguel Arrieta dio algunos golpecitos en la mesa, tarareando «se te olvida que me quieres a pesar de lo que dices»:

–Yo no hablaría de traición, hablaría de enfrentamiento. Le he oído tantas veces decir que está cansado de su trayectoria profesional, que se la dejaría olvidada en cualquier parte. Si algo sale mal, podría estropearle un poco esa trayectoria. Pero confiemos en que no ocurra.

–¿Y si ocurre?

–Él sabe de sobra que yo no estoy en su mismo bando, siquiera porque está convencido de que yo no tengo bando, ni el vuestro, ni tampoco el suyo.

–Le has cogido cariño.

–Sí. Eso no voy a negártelo. Tiene tantas dudas. Aunque si le pidieran que me aplastara, creo que lo haría. –Arrieta dejó quieta su mano. Y, mirando a Sedal, miraba detrás de él a un punto indefinido cuando dijo–: A veces se quiere por necesidad.

Volvían en el avión, Hull en el lado del pasillo y Laura junto a la ventanilla. Hull había hecho pasar a Laura, ella obedeció para no frenar a los otros pasajeros pero una vez sentada dijo:

–No voy a mirar.

–¿Tienes vértigo? –preguntó Hull.

–No. Pero no voy a mirar.

–De todas formas yo prefiero aquí. Tengo un poco de vértigo y me gusta levantarme. No te cedo la ventana por galantería.

–Como quieras.

Al principio guardaron silencio. Sabían que al llegar al aeropuerto se produciría esa situación, contraria a todo lo vivido, por la cual cogerían dos taxis, o sólo uno, pero entonces Laura dejaría en su casa a Hull para después continuar o Hull, dando un rodeo, dejaría a Laura en su casa y se iría a la suya. Y así, culpables, solitarios, rehuían el contacto de los brazos, de los ojos, dos adúlteros sin marido ni mujer.

La discusión del ferry, bien que soterrada y minúscula, no les ayudaba a sobrellevar la obligada distancia. Por el contrario, les hacía más débiles, más necesitados el uno del otro, porque la recordaban sin cesar y sin cesar temían haber abierto una grieta y que se propagara, que en días o semanas se extendiera, un árbol invertido, por toda la pared.

Durante diez minutos clavaron la mirada en los respaldos delanteros, oyendo sin oír conversaciones, músicas, instrucciones de seguridad. Pero después del despegue las rodillas y los brazos se tocaron. No tuvieron que decir nada sino sólo dejar de violentarse pensando que sin duda irse cada uno a su casa era lo mejor. No era lo mejor, era lo impuesto, lo obligatorio, y al formularlo así los cuerpos parecían respirar. Sus manos ya descansaban juntas, se apoyaban el uno en el otro como si el contacto hubiera disipado el miedo.

–¿Qué vas a hacer mañana? –preguntó Hull–. Necesito verte.

–¿Dónde? –dijo Laura.

–Voy a intentar que te autoricen a entrar en mi casa.

Laura recordó entonces el micrófono que había abandonado en Madrid, en el interior del teléfono móvil. Pensó que Hull le tendía una trampa pero no tenía sentido. Aun así, a Sedal y a Armando no les gustaría.

–Yo también tendría que pedir autorización –dijo– y no creo que me la dieran.

–Sí, claro, en realidad a mí tampoco me la darían. Podemos ir al cine, dar un paseo, cenar juntos.

Laura callaba. Al poco Hull dijo:

–Tendremos que imaginar que Madrid es Hendaya. En vez de la ciudad donde vivimos, una ciudad adonde hemos ido. Buscaré un hotel agradable.

–No –dijo Laura–. Esta vez lo busco yo.

–Háblame de Sedal –dijo Hull, y no se sintió culpable porque preguntar a Laura por Sedal era igual que preguntarle por su infancia o por sus padres o por su trabajo. Era preguntarle por ella, era querer saber más de ella. Hull quería saber.

–Sedal –dijo Laura– es una de las mejores cabezas de Cuba. Eso no quiere decir mucho, porque en Cuba hay muchas buenas cabezas. Pero Sedal es una de ellas. Puede ver y entender al mismo tiempo. Todo lo que yo sé de política, de economía, de filosofía, me lo ha enseñado él.

–¿Ha publicado algo que te guste especialmente?

–Ha publicado bastantes artículos largos en revistas de pensamiento social y otras parecidas. Sólo que casi todos son artículos coyunturales. Creo que le gustaría poder parar un tiempo.

–¿Y por qué no lo hace? Tiene edad de sobra para jubilarse.

–No me refería al trabajo, al horario y eso. Me refiero a la presión de ser cubano, ¿sabes? Ser cubano y sentirse responsable. Pero esto es algo que pienso yo. Nunca lo he hablado con él.

–No sé qué quieres decir.

–Si yo fuera Sedal –dijo Laura–, si yo pudiera ver y entender, en algún momento me gustaría ponerme frente a un atril y contar lo que veo y lo que entiendo.

–¿Lo dices por la censura, por la falta de libertad de expresión?

–No, no es eso. Imagínate a un médico que ha comprendido algo del funcionamiento de las células, algo importante. Pero está en un pueblo y es el único médico. Tiene que tratar reumas, partos, apendicitis. No es que en ese pueblo le impidan publicar artículos sobre las células. Es que se sentiría estúpido con una cola enorme en la puerta de su casa y sin abrir la puerta porque está leyendo revistas y escribiendo artículos.

–¿Cuba es ese pueblo?

–Supongo que he cogido un mal ejemplo. Cuba no es exactamente ese pueblo, es la sensación del médico lo que quería explicar.

–Lo entiendo –dijo Hull–. ¿Está casado?

–Casado y divorciado. Tiene tres hijos y dos nietos.

No pudieron verse cuando habían pensado. Sus horarios no coincidían. Laura tuvo que preparar lo que Agustín llamaba el recital. Hull estaba en el punto de mira y debía esmerarse en su trabajo habitual, además de tener que estar disponible a cualquier hora para Marian Wilson.

Entretanto, Laura había encontrado un hotel en una pequeña plaza del barrio de Huertas, con balcones que daban a la plaza y la posibilidad de imaginar que no estaban en Madrid. Llamó a Hull desde una cabina para decírselo. Acordaron reservar una habitación el sábado, a nombre de Laura.

Después de hacer la reserva, Laura se quedó en una terraza a pocos metros del hotel, pidió una cerveza y estuvo repasando el guión del recital. Sedal iba a acudir a su casa dentro de media hora. No habían escrito frases ni nada parecido, estaban sólo los temas de que tendrían que hablar para que improvisaran sus propias palabras. En voz alta lo habían ensayado un par de veces, debían evitar cualquier sospecha de que estaban interpretando.

Aunque no tenía la certeza absoluta de que el teléfono móvil de Laura estuviera manipulado, todo parecía indicar que así era. En tal caso, a los de la embajada les bastaría con llamar a un número y el teléfono, incluso apagado, haría las veces de micrófono. Hasta ese día, Laura había mantenido alguna conversación íntima con Hull llevando ese teléfono encima, y también había hablado con Sedal de cosas sin importancia. La última vez acordaron verse en casa de Laura, pretextando dificultades para encontrar locales seguros.

Laura pagó la cerveza. Tal como habían convenido, Sedal ya estaba dentro de la casa cuando ella llegó.

–Han vuelto a seguirme –dijo él–, pero no pueden conmigo.

En el pequeño cuarto de estar de Laura había un sofá naranja claro de dos plazas y una mecedora de mimbre. Sedal ocupó la mecedora y pidió a Laura leche caliente con un poco de café.

Cuando Laura volvió de la cocina con el café, encontró a Sedal de pie, mirando por una ventana desde donde sólo se veía un patio de menos de un metro cuadrado con tuberías, dos filas de ventanas con visillos, cemento oscuro y roto en el suelo y en las paredes.

–La ventana de mi cuarto da a un patio blanco con más luz –dijo Laura.

–Sí, me acuerdo. Con tu trabajo podrías vivir en una casa mejor.

–Pensaba que ésta iba a ser provisional. Además, mando dinero a mis tíos. Ahora no podría dejarlo de hacer.

–Siempre es igual. –Sedal volvió a la mecedora–. ¿Sabes ya lo que ha pasado con el convenio de Cotonou?

–No –dijo Laura.

–El Colegio de Comisarios ha pospuesto «indefinidamente» la consideración de la solicitud cubana. Lo esperábamos. Me da más coraje porque todo ha empezado aquí, con la propuesta de la ministra española: si no modificamos las sanciones impuestas a los mercenarios, disminuirán los planes de cooperación al desarrollo.

–Eso sí lo he leído –dijo Laura–. Vaya cooperación. ¿Qué ha pasado, Agustín? ¿Por qué querías que hablásemos?

Sedal continuó como si no hubiera oído la pregunta de Laura.

–El caso es que hemos retirado la solicitud. Se acabó el convenio de Cotonou para Cuba. Qué te parece el orgullo.

–Creo que no es mucho lo que nos perdemos.

–Ya lo sé, Laura. Es bastante poco y no evitaría que tuvieras que seguir mandándole dinero a tus tíos.

–No somos el único país con emigrantes que mandan dinero a sus casas.

–También lo sé. Hacemos lo correcto, hacemos lo que podemos pero lo que podemos es cada vez menos. Porque la integridad es silenciosa, ¿sabes? Y el silencio no existe. El silencio no es más que ausencia de sonido.

–¿Qué me tenías que contar? –volvió a preguntar Laura.

–Algo importante. Pero necesito tiempo, niña. Necesito tiempo. ¿Tú sabes? Yo conocí a un hombre justo. Murió hace quince años. Vivía aquí, en España. Era mi hermano. Mi hermanastro. Mi padre dejó una familia aquí cuando se fue a Cuba. Eso pasaba.

Laura miró a Sedal sorprendida. Ni en los ensayos ni en el guión figuraba nada de un hermanastro.

–Mi hermanastro, mi hermano, era uno de esos hombres que salen en la Biblia cuando Dios dice que necesita encontrar a un hombre justo y que si no lo encuentra destruirá la ciudad. ¿Dónde está mi hermano ahora? ¿Dónde están todas las corrupciones que no aceptó? ¿Dónde están su orgullo y su bondad y su determinación para no abusar jamás del débil ni siquiera por vía de terceras o décimas personas? Las palabras no se las lleva el viento, ya todo el mundo sabe que eso es una estupidez. El mundo está infestado de palabras dichas. Pero el silencio sí se lo lleva el viento. Mi hermano era un hombre íntegro, y ya no existe.

–Existe porque tú me estás hablando de él –dijo Laura.

–Sí, sí, las palabras, carajo, las palabras. ¿Sabes por qué te hablo de él? Porque voy a matarlo. Lo voy a matar del todo. Yo he sido de los que decía que mi hermano vivía en mí, etcétera, etcétera. Cada vez que he debido tomar una decisión difícil era como si él me rondara. Pero se acabó. Es a ti a quien tengo que convencer. Tú estás delante de mí en tu pequeño sofá naranja con tu salón que da a unas tuberías. Mi hermano murió y no dejó nada más que su integridad silenciosa. Así que a él no tengo que convencerle. Sólo tengo que dejar de pensar en él. Ni siquiera eso, es aún más fácil. Sólo tengo que pensar en otras cosas.

–¿Convencerme de qué?

–Algunos quieren volverse atrás, en La Habana. Dicen que no hay ninguna diferencia entre el repliegue, o el suicidio, y la derrota. Se han dado cuenta, ¿ves? El suicidio es el silencio, la ausencia de sonido.

–No es verdad –dijo Laura–. Retirarse significa continuar, aunque sea dentro de mucho tiempo. Es interrumpir la partida antes de la derrota.

–Ellos no lo ven así. Dicen que nadie lo entendería. Quieren que lo pare, Laura.

–¿Todos?

–No, no todos. Digamos que un cuarenta y nueve por ciento.

–Entonces son minoría.

–Debemos confiar en el otro cincuenta y uno, ¿verdad? –dijo Agustín–. Pero si falla, si nos fallan, Laura, yo no voy a parar la operación. Quería que lo supieras.

–¿Y?

–Y adiós a mi hermano. Cogeremos el dinero. Si el cincuenta y uno sigue firme, lo tendrá ahí, a su disposición. Pero si vacilan y se echan para atrás, de todas formas habremos cogido el dinero. Hay otras seis personas más que también lo cogerían. Yo ya he recibido confirmación de la Universidad de Berna. Me aceptarían como profesor emérito.

–¿Y yo?

–Tú podrías hacer cualquier cosa. Menos volver a Cuba, cualquier cosa.

Laura callaba. El diálogo volvía a ser tal y como lo habían preparado. Sin embargo, estaba aquella historia del hermanastro de Agustín. Laura no dudaba de Sedal, pero durante un segundo había dudado de sí misma.

–¿Lo has pensado? –preguntó–. ¿Estás seguro?

–No voy a pararlo, Laura. Pase lo que pase. Será la última vez que hable contigo antes del intercambio. Si no estás de acuerdo, te pediré que te retires y trataré yo con el agregado.

–¿Te ha pasado algo, algo que no puedas contarme?

–No es lo que me ha pasado a mí, es lo que les ha pasado a ellos. Todo empezó con los dólares. Una revolución sitiada tal vez pueda sobrevivir. Pero media revolución no. Y cuando admitimos los dólares dentro de la isla, las propinas en dólares, las tiendas con dólares, entonces partimos en dos la revolución. Entonces dejamos que el dinero ya no dependiera del trabajo o de la necesidad, sino del azar y de la astucia.

–Había que hacerlo –dijo Laura–. Se sabía lo que iba a pasar, pero era la única salida.

–Es posible. Laura, yo ya he tomado la decisión. Sólo he venido a decirte lo que voy a hacer y a que me des una respuesta.

–Tengo que pensarlo.

–Lo entiendo. Pero yo necesito saberlo hoy. ¿Quieres que me vaya y vuelva más tarde?

–No.

Laura buscó los ojos de Sedal sin encontrarlos. Sedal miraba la pared con algunas fotografías y luego los estantes de libros. Pasaron unos minutos.

–Seguiré contigo –dijo Laura–. Confío en ese cincuenta y uno por ciento.

–¿Y si no sale?

–Seguiré contigo. A mí no me han escrito de ninguna universidad pero tal vez tenga un sitio adonde ir.

Cuando Sedal se fue, Laura estuvo a punto de tirar el supuesto móvil hecho micrófono contra el cemento oscuro del patio. No lo tiró. Lo cogió con cuidado, como si fuera un animal vivo, y lo llevó a la cocina. Estaba llorando. No sabía si sería conveniente que los de la embajada la oyeran caso de que estuvieran realmente a la escucha en alguna parte. Dejó el teléfono justo al lado de la nevera para que los sollozos se mezclaran con el zumbido del motor. Más lejos los sollozos, el zumbido más cerca, el resultado debía de ser un lamento casi inhumano.

Algunos piensan que esa misma tarde, minutos después, llamó Hull. Y que su voz le sonó fría a Laura en el teléfono, y que fue entonces, después del anochecer, cuando Laura escribió la primera carta.

Hull sólo había ido en dos ocasiones al despacho que usaba Norman Carter cuando estaba en Madrid. Aquélla iba a ser la tercera y recordaba que siempre le había parecido pequeño. Debía de ser igual que el despacho de Wilson, un poco más apaisado. También esta vez tuvo esa impresión al entrar. Wilson y Carter le aguardaban muy a la izquierda, casi como si estuvieran en otra habitación, sentados en torno a una pequeña mesa redonda de cristal. Wilson se le antojó más alta, y Carter más viejo. Cuando Hull entró, Carter reía.

Carter se levantó y le estrechó la mano. Wilson hizo un gesto de asentimiento con la cabeza.

–Parece que nuestra querida Marian por fin nos autoriza a entregar el dinero –dijo Carter a Hull afectando una complicidad imposible.

A Hull le disgustaba el papel de quien está dispuesto a reír cualquier gracia aun sin entenderla. Pensaba que, sin él, ni Wilson ni Carter estarían ahora ahí ni les brillarían los ojos como a quien acaba de apostar a las carreras sabiendo que tiene muchas posibilidades de ganar. Se sentía fuerte y valioso, dijo:

–¿Habéis estado bebiendo o es que se ha muerto Fidel y yo no me he enterado?

Carter calló un segundo, como sopesando el tono de Hull y su posible respuesta:

–Hemos estado oyendo un material interesante. –Su voz mantenía la ficción de la camaradería, si bien se había ralentizado–. El tal Sedal sigue teniendo ambiciones, a sus años. Por lo visto tú le habías comentado a Marian algo en este sentido.

Hull asintió, luego dijo:

–¿Y yo? ¿Podría oír esa grabación?

–Ahora no tenemos tiempo –dijo Carter–. En otro momento, aunque no veo la necesidad. El hecho es que hay tensiones internas, y parece que, si esas tensiones prosperan, Sedal y unos cuantos, y tal vez la chica, se quedarán con el dinero.

–Si es así –dijo Wilson–, tendríamos asegurado un escándalo sin precedentes.

–A Marian le gusta más este asunto. El otro proyecto le parece, ¿cómo lo diré?: un poco fantasmático. Yo, la verdad, no lo creo probable. Más bien me ha sonado a afanes de protagonismo de un septuagenario. Pero Marian ha estado comprobándolo, habló con una universidad de no sé qué ciudad europea y ya está más tranquila. Marian prefiere tratar con corruptos que con leales súbditos del gobierno de Cuba.

–El día de la entrega –dijo Wilson– necesitaremos tiempo para autentificar la firma de Sedal en los recibos.

–¿Cuánto tiempo? –preguntó Hull.

–Un cuarto de hora será suficiente. Además, Carter quiere que le gestionen una entrevista con Jorge Salinas fuera de Cuba. Toronto sería un buen lugar.

–¿Cómo se hará?

–Te acompañará George. Él verificará la firma. Habrá vigilancia a una distancia prudente.

–¿Será limpio? –dijo Hull.

–¿Limpio? –sonrió Carter.

Hull empezaba a arrepentirse de su entrada, de su tono exigente y quizás presuntuoso. No estaba en su campo, la frialdad de Carter iba en aumento y creyó conveniente exagerar ahora su inseguridad:

–¿No haréis nada como en las películas? –preguntó–. Ese tipo de cosas, no sé, coger la lista y entregar dinero falso, o quitarles con violencia lo que les hayáis dado.

–No –dijo Carter–. Si la firma de Agustín Sedal es auténtica, será suficiente. Mi trabajo consiste en favorecer un transición rápida y pacífica a la democracia en Cuba. Hay más de treinta millones para eso. Yo voy a gastar tres, y no tengo por qué robarlos después.

–Habrá fotos, Philip. Fotos de Laura Bahía cogiendo el dinero –dijo Wilson.

–Entonces también es posible que los cubanos hagan fotos mías entregándoselo.

–Sin duda. Nosotros también las haremos. De Laura y tuyas.

–Estarán repetidas –rió Carter.

–El lugar, la hora, la forma de llevar el dinero. ¿Todo os parece bien?

–Sí. No han sido muy exigentes. Van a estar vigilados y lo saben.

Carter había empezado a tender la mano a Hull antes de terminar la frase. Hull se la estrechó.

Atravesó despacio el despacho y aún más despacio el pasillo. Llegó a un recodo vacío y se quedó esperando. Como imaginaba, Marian Wilson salió al cabo de unos minutos. Iba a decirle algo pero no sabía qué. Ella pasó sin verle, absorta, distraída. Y cuando Marian Wilson dobló una esquina y desapareció, Hull se dio cuenta de que tenía tantas cosas que hacer con Laura. Era eso lo que quería decirle a Wilson, que lo retrasaran todo, que detuvieran la operación y la dilataran durante meses, porque él necesitaba esos meses y él, Philip Hull, con sus temores y con sus manías, con sus errores y con su inteligencia, con sus recuerdos y sus risotadas, con sus ojos azules y sus dedos de los pies él también podía ser una razón.

La entrega de la lista y del dinero iba a hacerse el lunes 5 de mayo. Pero aún era sábado y a las doce del mediodía Laura y Hull llegaron al hotel de Huertas como si no faltaran sólo dos noches para ese lunes, sino dos años.

La habitación estaba en el tercer piso y el ascensor tardaba. Apenas tenían equipaje. Dijeron que subirían por las escaleras. En la calle hacía sol y calor; las escaleras, en cambio, sólo tenían iluminación eléctrica. Subían despacio. No estaban tensos porque los cuerpos no lo estaban, porque el hilo de palabras, de peguntas y de explicaciones con que cada uno había hecho el camino hacia el hotel se perdió en cuanto se vieron, ocupando su lugar el reconocimiento, la excitación y la alegría.

Fue Laura quien abrió la puerta. El interior estaba pintado con los colores de un barco de pesca: mesillas azul cobalto; una pequeña mesa de madera roja; azul oscuro y blancas la puerta del cuarto de baño y las maderas del balcón donde unas cortinas de rayas y hasta el suelo tamizaban la luz. Se desnudaron mientras se besaban, apartaron la colcha, los cuerpos recorrían las cuatro esquinas de la cama y era como estar un poco ebrios y sin embargo lúcidos, sagaces en cada movimiento, amagando y no dando o dejándose llevar. Era la lucidez en la inconsciencia, era el deseo constante, mantenido, eran gemidos que no se conocían, que parecían brotar como una súplica y un asentimiento en el extremo último del placer, y era haber encontrado en ese extremo un lugar, un pequeño lugar al raso, aire nocturno dentro del aire nocturno, un pequeño lugar en donde desaparecerse.

Se quedaron dormidos, abandonados a la continuidad de los cuerpos, la rodilla contra el muslo, la mano en el costado, en la espalda la boca. Después el sueño desordenó el abrazo. Cuando Laura abrió los ojos estaba boca abajo, sentía la mano de Philip Hull sobre su espalda y oía su respiración. Veía las cortinas y la grata penumbra que envolvía el cuarto pese a ser las dos de la tarde. No quería moverse. Notaba su propia excitación y le gustaba notarla, anticipar las manos y los dientes de Hull en los pezones, la presión en las nalgas, su propia lengua tensa y como precipitándose en un salto imposible y las manos de Hull en sus caderas, los dedos que aprietan, darse la vuelta y chupar y reír y serlo todo y bordear el daño como el límite, como el agotamiento, como el temblor, y temblar y abrazarse y sostenerse. Despertaron de nuevo pasadas las tres.

Tenían hambre. No lejos del hotel había un bar de tapas con mesas y taburetes. Jugaban a ser extranjeros, jugaban a que Madrid era cualquier otra ciudad, fingían no sentirse acosados, no saber que en la acera de cualquier calle o en ese bar podía haber alguien a quien conocieran, no acordarse de que su relación era seguida y juzgada desde los dos bandos. Y también procuraban olvidar que no importaba encontrarse con alguien, que les vieran. Jugaban a estar lejos, cada uno en su casa recordándose; entonces recordaban que estaban juntos, que se tenían, y Hull dijo:

–Después del lunes, ¿vas a seguir aquí?

–Al menos unos días –dijo Laura–. ¿Y tú?

–Después del lunes tendría que solicitar mi nuevo destino.

–¿Adónde te gustaría ir?

–Laura –dijo Hull. Su voz sonó persistente y tranquila, una hoguera en la noche que la lluvia no apaga–. Debemos hablar de esto. He estado pensando. Hay destinos neutrales, prácticamente neutrales. Organismos internacionales...

Llegó el camarero y la voz se detuvo. Se estaba bien oyendo el crepitar tranquilo y la llovizna. Pero en aquel bar había mucho ruido, en la calle hacía sol. Cuando se fue el camarero Laura dijo:

–Hoy no. Hoy nos hemos escapado. Yo también quiero que hablemos. –Laura cogió la mano de Hull y apoyó en ella su mejilla–. Cuando haya terminado todo esto.

–¿Vas a decirme que no?

–No lo sé –dijo Laura. Soltó la mano de Hull y acercó el taburete–. No sé lo que es neutral para ti. Me gustaría que esta tarde fuéramos al Parque del Oeste. Y después al cine. Me gustaría ir al cine contigo.

–Tiene que ser pronto después del lunes.

–El martes.

–En nuestro hotel. A las siete –dijo Hull.

–A las siete.

–Prométeme que estarás.

–Estaré –dijo Laura.

Si hubiera podido, Marian Wilson no habría cogido el teléfono. Si Marcos León hubiera llamado a su línea directa y si el registro de llamadas de su teléfono hubiera estado estropeado y ella hubiera podido fingir no tener constancia de la llamada. Pero de nada servían las lucubraciones. Fue la secretaria quien le dijo que Marcos León, el joven empresario cubano en el exilio, el hombre compacto de cuerpo casi rectangular del que sobresalía un cuello delicado y una cabeza también compacta, casi rectangular, estaba en el teléfono. Para no responder, Marian Wilson habría tenido que pedir a la secretaria que mintiera y la secretaria habría podido recordarlo.

León le dijo que había ido a hacer unas gestiones cerca de la embajada y que si ella no estaba muy ocupada podía pasar a verla en media hora. Tenía cosas que contarle.

Wilson estuvo a punto de contestar que tenía prisa, a punto de pedir que se lo contara por teléfono. Pero no lo hizo y durante la media hora de espera estuvo sentada, las dos manos sobre los dos brazos de la silla, sentada como si estuviese en una nave espacial, como si la puerta y la pared de su despacho fueran un gigantesco panel de mandos. De vez en cuando respondía a otras llamadas o anotaba algo en su ordenador. Luego volvía a la posición de los dos brazos sobre los brazos de la silla y, en un par de ocasiones, cerró los ojos.

Imaginaba lo que Marcos León iba a decirle. Podía equivocarse y por momentos quería equivocarse. No le servía de nada tener razón. Había desconfiado muy pronto. Era su trabajo, le pagaban por desconfiar y ella había hecho su trabajo. Cuando más lanzado estaba Carter, cuando más entregado estaba Hull, ella había llamado a Marcos León y le había pedido nuevos informes de Miguel Arrieta. Marcos León se los trajo: nada especial. Los mismos negocios que cuando le investigaron hacía cuatro años. Pero Wilson debía desconfiar. Pidió a Marcos León que tendiera una trampa a Miguel Arrieta. Ella no dijo trampa, dijo sólo: ofrécele un negocio que le obligue a estar fuera de España, lejos, la semana del 5 al 9 de mayo, una oportunidad, ya sabes, tiene que ser perfecto, sin riesgo, con unos beneficios llamativamente altos.

–¿Y si dice que sí?

–Dirá que no. Si dice que sí, ya te ayudaré a que parezca que se ha venido abajo.

«Dirá que no», Wilson recordaba con qué seguridad lo había vaticinado. También ahora estaba segura de que así había sido. De lo contrario, Marcos León se lo habría contado ya. «Dirá que no.»

La una y treinta. Wilson miraba su imaginario panel

de mandos cuando la puerta se abrió. Marcos León, rectangular, sonriente, le tendía la mano. Se sentó frente a Wilson. Sus hombros rebasaban, con mucho, el respaldo de la silla.

–Hice lo que querías –dijo sin preámbulos–. Arrieta rechazó mi oferta. Dijo que no podía.

–¿Qué más? ¿Te dio alguna explicación?

–No, y no quise preguntar más para que no le resultara extraño.

–Sí, hiciste bien. ¿Has visto algo nuevo, te ha llamado algo la atención?

–La verdad es que no. Siempre se comporta igual. Nunca ha sido un exaltado. Donde ve que puede haber negocio, entra sin dudar. Su negativa ha sido lo único raro.

–¿Y de su dinero?

–Estuve averiguando. Nadie tiene datos concretos. No ha terminado de pagar la casa ni la tienda, eso sí lo sé con seguridad, me lo miraron.

–Es extraño –dijo Wilson–. Por lo que sé, movéis cantidades de dinero bastante sustanciosas.

–Llevamos una buena racha, sí. De todas formas, hay a quien le interesa estar endeudado por cuestiones fiscales. Puede que tenga mucho dinero en una cuenta.

–¿Tú lo crees?

–Otros lo tienen. En el caso de Arrieta no estoy seguro. Hace poco tuvimos una buena oportunidad con una compraventa de barcos para chatarra. Hacía falta liquidez y él tampoco quiso entrar. De todas formas, no era como lo que me has pedido que me inventara. No era un negocio seguro, había riesgos, quizás fue por los riesgos.

–Si no fuera rico, si no tuviera ningún dinero en ninguna cuenta, ¿habría alguna explicación? Un pariente enfermo a quien deba mantener, hijos secretos, qué sé yo.

–Ninguna que yo haya podido averiguar. Está divorciado y su ex mujer ha vuelto a casarse. No tiene hijos. Sus padres vivían en Montevideo, pero ya han muerto.

–¿Te fías de él?

–Me fiaba. Es un tipo callado. Si me pongo a pensarlo ahora, puede que sea demasiado callado.

–No me gusta fomentar el recelo entre vosotros innecesariamente –dijo Wilson–. Lo más probable es que sea una falsa alarma. Haré un par de comprobaciones y volveré a llamarte. Gracias por todo.

Marcos León se levantó y estrechó con fuerza la mano de Wilson. Ella le vio salir. Cuando la puerta se cerró detrás de aquel cuerpo grande, el imaginario panel de mandos había desaparecido. Estaba sola en su despacho funcional. El intercambio iba a hacerse esa misma tarde y ella no lo impediría. No tenía pruebas y, si hablaba ahora, Carter exigiría pruebas. Mil asuntos distintos podían mantener a Arrieta ocupado esa semana, una amante, un problema de salud, un negocio que hubiera hecho con otros, del que no quisiera hablar a Marcos León.

–Mil asuntos distintos –se oyó decir en voz alta.

Tomó la carpeta con el expediente de Sedal y se quedó mirando las fotografías. Cuando Wilson entró en la agencia, hacía ya casi veinte años, había leído novelas de espías por docenas. Después se le pasó la fiebre y luego ya casi nunca tuvo tiempo de leer sólo por gusto. Pero aún recordaba aquellas historias sobre la supuesta lealtad entre enemigos, sobre la fortuna de encontrar un enemigo a nuestra altura, un enemigo que nos honre. Sedal era ahora su enemigo. Estaba segura.

–Estoy segura –se oyó decir de nuevo en alto, aunque ahora ya no hablaba sola. Hablaba al rostro de Sedal que la miraba desde su mesa.

QUINTA CARTA

«Entonces tu cola se dividirá en dos y se convertirá en lo que los seres humanos llaman piernas. Pero has de saber que eso te producirá tanto dolor como si una espada recién afilada te rajase por la mitad.» *La pequeña sirena*, de Andersen. ¿Lo recuerda? «A cada paso que des te parecerá que pisas cuchillos afilados y que tus pies sangran.» Yo lo recuerdo. Casi siempre en los cuentos las transformaciones se producen sin dolor, son instantáneas y completas. Pero esa cola de sirena que se resiste a dejar de serlo. Imagino que habrá habido multitud de interpretaciones sexuales para esa imagen, aunque creo que de niña no pensé en el sexo cuando escuchaba el cuento, y tampoco ahora. Pienso en el dolor de dejar de ser lo que se es, en cuánto puede durar.

Una espada de dos filos nos corta y luego, a cada paso, cada vez que las piernas se separan y los pies tocan el suelo, sentir que se pisan cuchillos afilados. Nunca nos duele tanto querer a alguien. La imagen de Andersen no deja de ser excesiva. Nunca nos duele tanto, pero nos duele. Porque un buen día hay un cuerpo a nuestro lado y comprendemos que si ese cuerpo desapareciera sería para nosotros una mutilación. Entonces damos un paso atrás. Como somos astutos damos un paso atrás y preservamos no nuestra autonomía, no nuestra libertad, no nuestras costumbres, no todo aquello que si de verdad quisiéramos podríamos en buena parte mantener aun entregándonos del todo. No. Damos un paso atrás y lo que preservamos es nuestra cola de sirena para que no se parta, para que no nos duela al caminar.

A veces cometemos traición, somos infieles porque con el impulso de los primeros días, el arrebato y el obnubilamiento, conseguiremos separarnos de aquel o aquella a quien amamos y por quien habríamos podido renunciar a nuestra cola de sirena. Cometemos traición para no renunciar. Y vamos manteniendo en torno nuestro un foso infranqueable. Queda el amor al otro lado. De tanto en tanto vienen huéspedes a vernos, de tanto en tanto consentimos en bajar el puente levadizo para que entren, para salir nosotros. Pero siempre regresamos. Ahí en el castillo, torres rojas, estamos solos y los pasos no duelen.

Yo conocí el dolor con el agregado. No era el dolor de la sirena, era más leve, a menudo es más leve, aunque doliera. No era el dolor melodramático de la espada y la sangre sino el constante y pequeño dolor de tener el destino dividido y saber que lo que le pasara al agregado estaría de algún modo y para siempre sucediéndome a mí. Luego, un día, quise hacer el pacto, como todos los que sueñan.

Hacer el pacto, retirarse al castillo, que aunque siguiéramos viéndonos, tocándonos, el dolor cediera y se dulcificase porque el destino de cada uno volvería a ser el destino de cada uno, y volvería a resultar posible imaginarse en la proa de un gran barco o en un país nevado sin dar cabida al otro en la imaginación. El agregado también lo quiso. Quizás a usted le gustaría saber quién fue el primero.

Saberlo forma parte del interés humano, pero le diré que no tengo constancia, no sé quién quiso retroceder antes y, francamente, creo que no importa. Es el castillo lo que importa; son las habitaciones y las torres y el bosque al otro lado del foso que a veces es un bosque y a veces arena blanca o un acantilado. Es ese raro castillo del cual podemos entrar o salir con libertad porque sus muros son de aire o de menos que el aire para nosotros. En cambio para los otros es un recio castillo de piedra dura.

Tal vez fui yo la primera. Tal vez fue el agregado. No importa, en ningún caso el otro quedaría dispensado de la astucia con que pretendió no entregarse del todo. En ningún caso el otro quedaría dispensado de la melancolía, tristeza suave no causada por una verdadera desgracia; alfombra roja de los sueños; sendero con curvas en el cuadro por donde pasábamos al otro lado, al mundo del cuadro, al mundo fuera de aquí. Tristeza suave, pendiente suave de tobogán o alfombra roja: no la delgada alfombrilla que se tiende al pie de los aviones y es apenas una tela sino la alfombra gruesa donde al poner los pies se diría que el suelo está varios centímetros más abajo. Y después sólo queda dar un paso: hemos cruzado el umbral, ya estamos en los sueños.

Me extraña no haberle encontrado nunca todavía, señor director. Me extraña no haber coincidido con usted en ese pequeño trozo de alfombra densa. Porque la entrada al lugar de los sueños fragorosos es pequeña, señor director. Una vez cruzado el umbral el espacio se expande, los sueños se dispersan. No son tantos ni son tan distintos, los sueños, pero son casi infinitas las modalidades. ¿Nunca en el umbral, nunca mientras aguardaba, nunca quieto y a la espera sobre el cuadrado rojo de la melancolía vio mis ojos? Tal vez si hace memoria los recuerde. Tal vez si hace memoria de ahora en adelante pueda reconocer ojos de alfombra roja, densa, en hombres y mujeres, ojos de tristeza suave no causada por una verdadera desgracia. Incluso al oír algunas voces es fácil darse cuenta, y en las fotografías y en la forma de andar, y en las manos que existen a veces sobre las mesas como separadas del busto que habla y usted ha imaginado que las cogería, que se marcharía al hotel del ventanal con esas manos.

Alguna vez tenemos que haber coincidido. Como dos heroinómanos esperan en la puerta al camello que habrá de abastecerles, usted y yo de pie y en el umbral si bien distintos de los heroinómanos porque la heroína ciega la conciencia. La heroína puede llegar a ser un camino sin retorno pero de nuestros sueños, los providenciales, los fragorosos, se vuelve siempre. Son camino de ida y vuelta siempre. Se toman decisiones por los sueños. Se hace o se deja de hacer.

Alguna vez hemos tenido que cruzarnos en la melancolía, señor director. Alguna vez hemos tenido que mirarnos a la cara y reconocer en el otro la misma tristeza. Y entonces comprender que la melancolía no era nuestra empalizada, no era defensa propia como suele decirse, sino concupiscencia.

Se disipa a su lado, señor director,

Laura Bahía

6

La entrega del dinero y la entrega de la lista, el intercambio, se hizo a la hora convenida, las cuatro de la tarde, en un pequeño parque, en realidad diminuto, triangular, de la colonia de El Viso. A las cuatro no había nadie allí, nadie más que ellos: Laura, el agregado y, a distancia, los que debían verificar la firma de Sedal además de centinelas de ambos bandos encargados de velar por la seguridad del dinero.

Laura y Hull hablaron mirándose a veces a la cara pero nunca a los ojos. Laura dijo que sólo traía la lista, habían resuelto posponer la entrega de la declaración hasta el día en que tuviera lugar la entrevista de Carter con Jorge Salinas. Hull no hizo ademán alguno y sólo se retiró para darle a George el recibo de Sedal y la lista. Mientras George procedía a la verificación, telefonearon a Wilson y a ella tampoco pareció importarle la ausencia de la declaración.

–La firma es correcta –dijo George pasados diez minutos. Entretanto, Laura había metido el dinero en una mochila alta, como de montañera, y esperaba a Hull sentada en el borde de un banco con la mochila ceñida a la cintura y a los hombros. Hull la miraba sabiéndose observado por varios ojos desde distintos ángulos. Se colocó, sin embargo, muy cerca de Laura y le dijo que la firma era correcta. Después, absurdamente, se acercó para besarle la mejilla y le pareció que Laura prolongaba unos segundos la proximidad o que al menos retiraba la cara a cámara lenta.

Laura echó a andar, deprisa. Philip Hull no la miró; se dirigió al lugar donde estaba George, volvió con él a la embajada.

George le hablaba de tenis, de un partido de tenis que había estado viendo la tarde anterior. Pero Hull no le escuchaba. La lentitud de Laura al mover la mejilla resonaba en su propia mejilla como la vibración de un arco de metal. No obstante, la noche anterior y aún más por la mañana, al levantarse, Hull se había preguntado si no estaría cometiendo un error, un error absoluto e inexplicable. En ocasiones le había ocurrido ver un mueble en un escaparate o una chaqueta y desear comprarlo, y buscar el momento para hacerlo, pero al entrar en la tienda, o a veces antes, volver a pensar en el mueble, en la chaqueta, y parecerle pretencioso o del todo innecesario. A veces también le había ocurrido estar seguro de que un bar estaba en una calle o de que un restaurante tenía la puerta azul, estar completamente seguro y discutirlo con alguien y convencerle, pero luego, antes de haberlo comprobado, darse cuenta de su equivocación y tener que reírse de su énfasis de hacía unos minutos. También le sucedía con las mujeres. Desear a una mujer, rondarla, colmarla de atenciones y una mañana, a menudo antes de haberla conseguido, despertarse ligero, como relevado de una ardua misión, pensando en la mujer igual que en cualquier otra persona, y luego verla, oírla, decirle cualquier cosa sin nerviosismo ya, sin miedo, sin apenas interés.

Ante sus monosílabos corteses, George terminó callándose. Llegaron a la embajada pero Hull no quiso entrar. Le parecía que las paredes y el corto espacio de su despacho le impedirían ver con claridad su error posible, recordar con claridad la lentitud de la mejilla de Laura en su mejilla, comprender con claridad lo que le estaba pasando. Se quedó en la calle barrida por el sol de mayo, le dijo a George que iba a acercarse a una farmacia un momento, pero no fue a ninguna farmacia sino que echó a andar en dirección al puente de Juan Bravo.

No había demasiados coches circulando, Hull miraba la sucesión de colores, negro, gris, gris, blanco, verde, rojo. Podía haberse equivocado, pensaba, era más que probable que su aventura con Laura fuera sólo eso, una aventura. La sencilla satisfacción de desear y verse deseado, no tan distinta de la satisfacción al contestar a una pregunta cuya respuesta conocemos. Podía estar cometiendo un error garrafal al empeñarse en un futuro que además rebosaría de complicaciones.

Hull se detuvo en un semáforo, hacía calor y como siempre que se dirigía al puente de Juan Bravo sintió cierto rubor de que le viesen, de que alguien desde el interior de un coche le reconociera, sudoroso y vulnerable. Porque no debían los agregados políticos de las embajadas asomarse a los puentes, no en los puentes urbanos de Madrid a las cinco y media de la tarde sino sólo tal vez de madrugada, o asomarse a puentes románicos en parajes agrestes lejos de la ciudad. Hull cruzó, no eran las complicaciones lo que le preocupaba, tal vez incluso le excitaran algo. Era el error, el error absoluto, como pensar que el resultado de una ecuación debía de ser cinco y que sin embargo fuera tres o diecisiete. Era haberse equivocado por completo y que Laura no fuese su interlocutora ni el calor en la piel ni juntos atravesar las noches y los días, sino que fuese tan sólo una visitante.

Pasaban los coches rápidos a su lado; cuando se detuvo en la acera del puente, se acodó mirando cómo también pasaban debajo de él. El largo río de la Castellana. Coches y autobuses en ambas direcciones, árboles, separación. El puente era su sitio para ver horizonte.

Con su horario no podía permitirse salir de Madrid ni siquiera desplazarse hasta el templo de Debod. Podía contener el impulso, permanecer en su despacho, conformarse con tomar un café, acaso con ir de verdad a la farmacia. Pero de vez en cuando necesitaba dirigir la mirada lejos y, admitió, no contenía sus impulsos, a veces no conseguía contenerlos. Era un inconveniente, Wilson así lo consideraría. También él, aunque notaba cómo su cuerpo iba encontrando el centro de gravedad ahí, sobre ese puente, y su mirada parecía volar.

Laura tenía veintiocho años y una mezcla de fuerza y extrema debilidad que a cualquiera habría conmovido. Laura, con veintiocho años, le buscaba con sed a él que tenía cincuenta y siete. Eso le halagaba y lo sabía pero, se dijo, él ahora estaba viendo el tiempo que tenían por delante como el canal que se extendía bajo sus pies, el sol en las carrocerías, el aire que el calor convertía en una capa de celofán tembloroso. Viéndolo como si la peor parte de cada uno fuera la que el otro iba a lograr empequeñecer.

Eran las once de la noche del martes 6 de mayo y esta vez Wilson sí estaba sentada ante un auténtico panel de mandos si bien no gigantesco ni semejante al de una imaginaria nave interestelar. Varias líneas telefónicas, varias pantallas de ordenador y dos conexiones a través de un aparato que en algo recordaba a las antiguas radios de los radioaficionados. A su lado había un técnico en telecomunicaciones de no más de veinticinco años. Sólo él sabía que no estaban siguiendo a una persona sino a dos.

Carlos Osorio, miembro del buró político del Partido Comunista Cubano y que, según pudieron averiguar, había estado en contacto directo con Sedal al menos en dos ocasiones, había llegado a Madrid el día anterior y esa misma mañana, muy temprano, había tomado un vuelo en dirección a Zurich. Parecía por tanto que era él quien iba a ingresar los tres millones de dólares en una cuenta. Sin embargo, también el lunes por la mañana, tres horas más tarde, Miguel Arrieta había tomado un avión, a Frankfurt. Después le habían perdido. Sólo el joven técnico estaba al corriente del dispositivo que Wilson había puesto en marcha para seguir a Arrieta. Carter sabía que estaban siguiendo a Osorio y había dado su visto bueno. Pero Wilson resolvió interpretar ese visto bueno en sus propios términos y ahora lamentaba haber malgastado hombres y medios en seguir a Carlos Osorio.

Mientras Osorio cenaba solo en un pequeño hotel de Zurich, Arrieta se movía sin control por algún lugar de Alemania. Wilson se fue a su casa a la una de la madrugada. Poco antes de las cuatro, el técnico la llamó para anunciarle que tenían otra vez a Arrieta: acababa de cruzar la frontera con Holanda. Nadie se despertó en casa de Wilson con la llamada. Ella adelantó el despertador de su marido y le dejó una nota antes de irse. A las cuatro y media estaba en la embajada.

Habían logrado retener a Arrieta con vagas quejas sobre la documentación del coche alquilado. Así le habían dado alcance y ahora de nuevo lo seguían. Wilson se quedó dormida en el sillón de la pequeña sala de operaciones pasadas la siete. El técnico la despertó a las ocho y media tal como ella le había pedido. Tuvo que subir al despacho, saludar, sonreír, hablar por teléfono. A las diez el técnico le pidió que bajara: Arrieta estaba en el puerto de Harlem, pero al parecer se había encarado con uno de los hombres que le seguían y ahora esperaban un relevo.

–No necesito un relevo –dijo Wilson al entrar en la sala–. Necesito acceder a toda la información sobre las transacciones del puerto, partes de inspección, recibos de almacén, destino de las mercancías.

Wilson empezó a hacer llamadas y a recibir listas, muchas de ellas escritas en holandés. Wilson sabía alemán y trataba de improvisar las traducciones porque no quería implicar a nadie más en lo que estaba ocurriendo. Cuando vio bostezar al joven técnico le autorizó a marcharse y la alegró poder hacerlo sin que pareciese que estaba echándolo. Después cerró la puerta. La pequeña sala tenía el techo algo bajo debido al aislante con que la habían insonorizado. Allí había escuchado por vez primera la conversación entre Agustín Sedal y Laura Bahía. Wilson levantó la mirada un momento. No debía perderse en ensoñaciones porque todo ocurría en tiempo real. El Atlántico golpeaba contra el puerto de Harlem en ese mismo momento y Arrieta estaría terminando de revisar la documentación o el cargamento después de haber entregado el dinero.

Una llamada le comunicó que Carlos Osorio se dirigía al aeropuerto. Había visitado a un abogado y dos bancos en su corta estancia. Entonces Wilson tuvo la tentación de dejarlo. Dejarlo en ese instante, no llegar a saber si lo que Arrieta había comprado eran manzanas o un equipo médico o alguna nueva tecnología industrial. Seguían llegándole correos y faxes del puerto de Harlem. Mientras los miraba, Wilson se decía que no ganaría nada con hablar. Si dejaba creer a Carter que Carlos Osorio había ingresado el dinero en Suiza, si ella misma se convencía de que así había ocurrido, no pasaría nada. Dentro de unos meses los cubanos dirían que habían surgido obstáculos, divisiones internas. Nunca tendría lugar la entrevista entre Carter y Jorge Salinas. Y pasaría el tiempo. Y ella y Carter escribirían informes valorando positivamente el subproducto obtenido de esa operación, un subproducto que resumirían en contactos y datos y tendencias más o menos verosímiles. Nadie lo notaría demasiado. Algunas preguntas, alguna queja, pero nadie abriría una investigación porque no era blanco ni negro el dinero de que ellos disponían; era transparente. No ocurriría nada porque, con el viaje de Osorio a Zurich, Sedal le había puesto en bandeja una solución.

–Me lo has puesto en bandeja –dijo comprendiendo que acababa de hacer el razonamiento que alguien había hecho antes que ella, para ella. La verdad no era rentable en esta ocasión. La verdad sólo iba a traerle complicaciones; sólo iba a servir para que Carter y ella misma gastaran las horas y la angustia pensando qué podían hacer para que nadie más la descubriera porque, si se descubría, entonces la verdad les arrastraría al fracaso y después de las críticas severas por haber entrado en una operación de semejante riesgo, serían expulsados o sometidos a una durísima degradación.

A la una del mediodía lo encontró. En Holanda, burlar el bloqueo se había convertido en una operación menos compleja que cualquiera de contrabando. No era preciso ocultar la mercancía ni darle apariencia de ser otra cosa. Bastaba con crear falsas pantallas con respecto al vendedor y al comprador. En Holanda no había una agregada de seguridad como ella, que se reuniera cada poco con los distintos empresarios, que les insinuara y advirtiera cada poco.

La compañía que vendía a Cuba aquel cargamento de más de dos millones y medio de dólares en ordenadores, repuestos y componentes de última generación habría sido creada para la ocasión por un contacto holandés de Arrieta. Desaparecería después como flor de un día y nadie perdería nada con su inclusión en una lista negra. Por otro lado, en teoría aquel barco no se dirigía a Cuba sino a Santo Domingo. Allí era donde se encontraba el falso comprador. Todo legal y efímero. Todo ligeramente increíble pero no lo bastante como para poner en marcha un aparato policial. En cuanto al contenido del cargamento, Wilson ni siquiera quiso preguntarse si era realmente ése o si habían mentido. Tal vez les había resultado más cómodo decir la verdad. Tal vez no había ordenadores sino medicamentos o recambios industriales o cámaras de cine. No sabía qué era peor ni mejor. Y no podía pedir una inspección especial ni detener el barco sin llamar la atención. Se vería obligada a dar explicaciones a las autoridades portuarias pero también a los suyos. Wilson resolvió que el barco partiría sin que ella supiera a ciencia cierta lo que había dentro.

–Ya está hecho –dijo Carlos Osorio–. El barco ha salido.

–Wilson caerá –dijo Sedal.

Agustín Sedal y Carlos Osorio estaban en casa de Mateo Orellán. Él aún no había llegado. Había ido a Barcelona a presentar un libro de un caballo y una niña. Un cuento largo o una novela corta. Era la primera obra de un autor y Orellán no sabía cómo había dado con él, caballos y niñas no formaban en absoluto parte del repertorio de temas sobre los que había escrito, pero le impresionó que el autor le encontrara porque su libro trataba en realidad de la desolación, de lo que se desuela y se destruye. Mateo Orellán no acostumbraba a quedarse en las cenas que siguen a este tipo de actos, iba a volver a Madrid en el último avión y se lo había dicho a Sedal. Como él tenía la llave de su casa, le pidió que le esperase allí con Carlos Osorio; así tendría tiempo de saludar a Osorio antes de que se fuera a La Habana de nuevo, y podría estar con ellos un rato.

–Al principio yo pensé que nos habíamos equivocado –dijo Osorio–. Las detenciones, la guerra de Irak, los secuestros de naves, las condenas a muerte, los mil manifiestos. No era el momento para una operación de este tipo.

–Ya no lo piensas.

–Creo que ha sido bueno pasar a la ofensiva. Aunque sea una ofensiva pequeña, aunque sólo se vayan a enterar Wilson, Jorge Salinas y tres o cuatro personas más.

El piso de Mateo Orellán no era muy grande. La cocina era la habitación que producía mayor sensación de amplitud. En el centro había una mesa con cuatro sillas. El salón, en cambio, estaba invadido por sus libros y su mesa de trabajo. Había una especie de sofá con una tapicería azul marino y beige, ya muy gastada, y la vieja butaca de rejilla en donde Orellán leía. Sedal y Osorio hablaban allí, los dos en el sofá mirando a la butaca en donde él no estaba.

–No sólo el corrompido es culpable. También lo es el corruptor –dijo Sedal.

–Por lo menos la próxima vez tendrán que pensárselo dos veces antes de intentar comprarnos con sus dólares.

–Ahora se empieza a hablar de la resistencia de Irak –dijo Sedal–. Dicen que podría durar meses, y años. Pero resistir es sólo no dejarse mover, no haberse muerto. Teníamos que hacer algo más. –Sedal parecía estar acariciando en su regazo un gato imaginario cuando dijo–: Estamos intentando ser justos. Un país entero intentando ser justo. No pido que nos aplaudan, nadie lo pide. Pero deberían dejarnos vivir.

–Deberían –dijo Carlos–. Te noto preocupado.

–Ha surgido un imprevisto. Quizás no sea grave, pero quizás sí. Podrían haber seguido a Miguel Arrieta.

–¿Tan pronto?

–Exactamente. Tan pronto. Para nosotros es importante que en Miami no lleguen a saber nada de esto. Sólo Carter debe enterarse, cuando el barco ya esté en Cuba y por un soplo nuestro.

–¿Crees que es Wilson quien le ha seguido?

–No lo sé. Ni siquiera estamos seguros de que le siguieran. Le entretuvieron en la frontera, le pareció ver a alguien, puede ser todo una falsa alarma. Por otro lado, si hubiera sido Wilson podríamos estar tranquilos, porque es la primera interesada en que esto no se sepa. Y le hemos dado una salida. Tu viaje lo preparamos sólo para que ella piense que puede callar. Pero puede haberlo descubierto alguien más.

–¿A qué tienes miedo?

–No sé quién trabaja para ella y me preocupa que se vaya de la lengua, que algún agente de Wilson le vaya con el cuento a Miami.

–Aunque pasara, ya sería tarde, ya no podrían hacer nada.

–Laura y Miguel están aquí todavía. No puedo mandarles hoy a Cuba, lo precipitaría todo, obligaría a Carter a provocar un incidente diplomático para salvar la cara y no queremos que nada de eso ocurra.

–Habla con Armando. Pide que os protejan, a Laura, a Miguel y a ti.

–Supongo que exagero, Carlos. Siempre exagero. Ni siquiera es seguro que le hayan seguido. Y los de Miami no van a correr el riesgo de actuar en un país como España, no les conviene. Pero estoy intranquilo.

Cuando Mateo Orellán leía en el salón, solía encender dos lámparas, porque no veía bien en la penumbra. Ellos sólo habían encendido una, con lo que la parte de la habitación más alejada quedaba a oscuras. Orellán acababa de llegar, había dejado un maletín en la cocina y empezó a atravesar a tientas el salón. Parecieron desconcertados al verle, como si hubieran olvidado que iba a venir. Después de los saludos, los abrazos, las preguntas, ocupó su vieja butaca.

–Llamaré a Armando –le dijo a Osorio Agustín Sedal.

–¿Tú sabes lo último que he leído sobre nosotros, escritor? –dijo Sedal–. Que somos un materialismo sin materia.

–Estuvisteis a punto de serlo –dijo Mateo Orellán–, en los años del período especial. Pero eso ha cambiado.

–A qué precio –dijo Sedal.

Osorio y el escritor le miraron. Ni siquiera estaban seguros de lo que había dicho porque había enredado las sílabas y porque Sedal no habría dicho eso, o tal vez, solamente, no lo habría querido decir.

–Al precio de la desigualdad –continuó–, al precio del búscate la vida, sé listo, aprende a moverte, que no está tan lejos del sálvese quien pueda capitalista.

Todos callaron. Después intervino Osorio.

–Está lejos –dijo, aunque su voz sonaba muy cansada–. A nadie se le pide que se busque la vida en lo esencial. No se ha alterado lo importante. Todavía.

Mateo Orellán venía de hablar de la desolación, de lo que se desuela y se destruye. Y allí, en su casa, entre sus libros, le pareció que no tenía derecho a esconderse como lo había hecho en Barcelona durante la presentación hablando de literatura. Más de una vez había considerado impúdico, obsceno, descarado si cabe hablar con los cubanos de su revolución. Porque él vivía en un país que sí daba la injusticia por sentada, en un país que expulsa al que tropieza, al que pierde y al que no puede correr. Y aceptaba ese país y hasta le convenía porque él estaba dentro de la pista, porque aún no le habían expulsado. Sin embargo, a veces el pudor era lo más impúdico, lo más indecoroso, a veces callar podía convertirse en una desfachatez y aquella noche no se escondió. Estiró los pies desde la butaca, los pies que no llegaban a tocar el suelo; luego dijo:

–¿Sabéis por qué me hice comunista? Fue por un cuento, un cuento que me contó mi maestro en la escuela. Cuando me lo contó yo era bajito, como ahora, y tartamudo.

Sedal y Osorio rieron. Con el tiempo Mateo Orellán se había hecho un orador pasable, además de haber adquirido una buena habilidad para memorizar y recitar poemas.

–Me alegro de que os riáis, pero con diez años yo era llamativamente bajo y tartamudo. Aunque mi padre luchó por la república, con diez años yo no llegaba a entender muy bien las consecuencias de ser hijo de rojos. En cambio sí sabía lo que significaba ser bajo y tartamudo. En según qué grupos de chicos, aunque supongo que en casi todos, eso te convierte en un paria, si no tienes la suerte de que te adopten como mascota. Y a mí no me adoptaron. Un buen día oí en la radio a un señor hablando sobre no sé qué variedad de leones y sobre cómo si en una manada de veinte hay uno o dos especialmente canijos, son castigados por el resto: se les golpea, se les priva de comida, hasta conseguir que mueran. Enseguida pensé que mi clase del colegio era la manada, y que estaban dispuestos a acabar conmigo. Le conté al maestro la historia de la manada. Él debió de intuir mis temores, y me contó su cuento. Creo que es conocido pero yo no lo he vuelto a oír. –Orellán elevó un poco la voz–: Un guardabosques entró en un bosque y preguntó a los árboles si podía derribar uno de ellos; tenía intención de hacer un mango para su hacha. La mayoría de los árboles había estado en el bosque durante mucho tiempo. Eran vigorosos, eran fuertes, tan grandes que no había hombre que tuviera los brazos tan largos como para poder abarcar su tronco. Fueron ellos quienes tomaron la decisión. «Sí, bueno, digamos que tu petición es muy moderada. Puedes tomar aquel joven árbol que se encuentra allí solo.» Señalaron con sus cabezas hacia un joven fresno, el cual no había tenido tiempo de crecer para alcanzar el grosor de la muñeca de un hombre. El guardabosques agradeció a los árboles su amabilidad y, antes de que pudieran arrepentirse, derribó el fresno. Luego hizo un estupendo y fuerte mango para su hacha. Tan pronto como hubo fijado el nuevo mango a su hacha, se puso a trabajar. Esta vez no pidió permiso, no mostró compasión alguna. Derribó cuantos árboles se encontraban en su camino, tanto los grandes como los pequeños. En aquel momento, cuando vieron lo que estaba a punto de ocurrirles, los árboles dijeron tristemente: «Es completa y exclusivamente culpa nuestra el que vayamos a morir. Al sacrificar la vida de un árbol más pequeño y débil que nosotros, hemos perdido nuestras propias vidas.»

La luz de la lámpara daba en los lomos de los libros, rebotando en los que estaban plastificados y eran blancos con grietas y arrugas de haber sido abiertos. Tal vez era el momento de que Mateo Orellán gastase una broma o les ofreciera cerveza fría. Osorio parecía ir a decir algo. Orellán le miró y decidió terminar su historia.

–Después de oír aquel cuento me hice un niño callado y hábil. Ya que no podía ser un árbol vigoroso me convertiría en mango de hacha, trabajaría para convertirme en mango de hacha. Aprendí mucho. Algunos años después me hablaron de un sistema en donde no se sacrificaba a los débiles por ser débiles. En donde los débiles no estaban condenados a elegir entre la humillación, el rencor o la venganza. Y me hice marxista. Ahora ya no soy tartamudo, pero sigo apoyando vuestra revolución.

–De acuerdo, Mateo –dijo Osorio–. Tu cuento es bueno. ¿Pero qué pasa cuando el guardabosques tiene frío?

–¿Cuánto? ¿Cuánto frío? –dijo Sedal.

Las niñas comían en el colegio. Su marido comía en la empresa o en los alrededores y ella también solía quedarse en la embajada o cerca. Sin embargo, a pesar de la distancia, ese jueves había vuelto a casa a comer y no había avisado a su marido. Necesitaba silencio, soledad.

Wilson puso en una bandeja la ensalada de aguacate, nueces y queso blanco, dos rodajas de pan de centeno, cubiertos, servilletas, un vaso de agua, y salió al jardín. Tenían una mesa de granito rodeada por sillas de hierro con blandos cojines verdes. Wilson comió despacio pero con apetito. Nada más llegar había regado parte del jardín. La mesa estaba en una zona en sombra, y aun así hacía calor. Había una pequeña piscina detrás de la casa. Tan pequeña que apenas se podía nadar en la parte que cubría. Pero servía para refrescarse y las niñas se pasaban el día dentro.

Wilson pensó que tenía tiempo de darse un baño antes de volver a la embajada. Renunció al café a cambio del baño.

Entró en la casa con la bandeja. Al fondo, junto al sofá, en el rincón donde había dejado el bolso, sonaba un móvil. Era el suyo. Se acercó con la firme voluntad de mirar el número y sólo contestar si era del colegio de las niñas o alguna otra urgencia personal, pero no si era una llamada de trabajo. Y era una llamada de trabajo y Wilson sin embargo apretó el pequeño botón verde.

Cuando alguna vez Wilson les daba su móvil a los confidentes les hacía jurar que sólo lo usarían en casos extremos. No habría baño en la piscina. Marian Wilson ni siquiera había empezado a desvestirse, pero cuando contestó al teléfono se sintió desnuda. Y mientras oía las palabras furiosas de Marcos León, las palabras que casi podía predecir una por una, Wilson veía cómo su casa iba desapareciendo, cómo, pasados un par de minutos, ella seguía ahí, de pie, el teléfono móvil en la mano y ninguna pared que la resguardara de las miradas. Pronto se desvanecieron también las vallas y los setos del jardín. Wilson dejó que Marcos León se desahogara. Después hizo un esfuerzo para que su voz sonara como la voz de quien no ha perdido el mando, aún no, y le citó a las cinco en su despacho, no sin antes exigirle discreción absoluta y un tono más calmado.

No quedaba nada. Cuando Wilson soltó el móvil no quedaba nada a su alrededor. Ya las paredes no eran paredes, ya las sólidas cosas que ocupaban el espacio dejaban de ser sólidas y sin duda eso mismo estaba ocurriendo en el piso de arriba. Wilson pensó en el cuarto de las niñas, en la ropa que había ido comprando como si con ella pudiera comprar pasado o pertenencia, en los juguetes, las lámparas, los libros. Más que en ningún otro, en el cuarto de las niñas había depositado su deseo de ser del sitio en donde vivía y no del sitio en donde no estaba. Pues hacía ya demasiado tiempo que no estaba en Nevada y ya casi no recordaba la casa que sus padres vendieron cuando ella se fue. Sus padres vivían ahora en Berkeley, cerca de su hermano. Y ella había ido a menudo a Berkeley, a Washington, a Virginia. Había ido a su país por motivos familiares o de trabajo pero no había ido al lugar de donde era y cuando compró las literas para sus hijas que habían nacido en Lima y habían crecido en Costa Rica, las eligió gruesas, pesadas. Ella misma pintó las puertas del armario empotrado y los marcos de las ventanas. Quiso para sus hijas una habitación que fuera un lugar al que pertenecer. Pero ahora ya no habría habitación. Seguro que si subía por las escaleras que estaban desvaneciéndose encontraría un pasillo desierto y los cuartos vacíos. También el cuarto de sus hijas, paredes lisas, suelo liso como cuando se lo enseñaron a ellos, una casa vacía para vender o alquilar.

Marian Wilson fantaseaba con quedarse. Era una fantasía a la que no ponía palabras, no sabía en calidad de qué podría quedarse en España sin dar al traste con su trayectoria profesional. Pero soñaba con quedarse como el mejor regalo que podía hacer a sus hijas: un lugar al que pertenecer. Ni siquiera su marido lo entendería; él había aceptado ser el segundo, lo había aceptado por ella, para que ella ascendiera y un día por fin regresaran a los Estados Unidos. Su marido no tenía prisa, su marido dejaba que las distintas embajadas le fueran buscando puestos de trabajo en empresas de telecomunicaciones de los países donde residían. Su marido quería para sus hijas una vida en colegios extraordinarios y la experiencia extraordinaria y el extraordinario conocimiento que proporciona haber vivido en países distintos. Él no entendió el empeño en las literas tan pesadas. Lo aceptó como un capricho porque su marido consideraba que esa vida errante daba derecho a ciertos caprichos inofensivos, a un exceso de comodidad que compensara la incomodidad de los traslados.

Nunca hasta ese momento en que vislumbraba ya las cajas, las maletas, todo lo que empaquetarían, nunca hasta entonces Marian Wilson se había permitido ir más allá de una forma difusa de añoranza y decir que le habría gustado quedarse.

La conversación de Wilson con Marcos León fue tal como ella la había imaginado. Marcos llegó cargado de razón al tiempo que irritado por la espera. Wilson utilizó su demora y la consecuente irritación de Marcos como la única arma que ahora tenía, el único modo de hacerle ver que ella era la más fuerte.

–Ese barco va para Cuba. ¿Desde cuándo lo saben? –preguntó Marcos León de pie, sin aceptar la silla que los ojos de Wilson señalaban.

–Desde hace poco tiempo.

–¿Por qué no nos avisaron?

–No hay que ser imprudente, Marcos. No hay que precipitarse.

–¿De dónde han sacado los dólares?

–Tal vez sea dinero legal. Tal vez tráfico de drogas.

–No lo creo. Llevo mucho tiempo tratando con Arrieta.

–Estamos investigando. No puedo decirte más, por el momento.

–Casi tres millones de dólares, eso es un triunfo para Castro y los suyos. Y un error de ustedes. En la Fundación se van a poner muy nerviosos.

Marcos la amenazaba y Wilson lo sabía pero reaccionó sin vacilar.

–Yo que tú no lo contaría tan pronto.

–¿Por qué?

–Por tu propio interés.

Wilson le sostuvo la mirada durante cinco, diez segundos. Sólo entonces Marcos León se sentó.

–A mí me interesan otras cosas además del dinero –dijo.

–Lo sé –respondió Wilson.

–Mis jefes se enterarán de todas formas. Tarde o temprano pero se enterarán.

–Mejor tarde.

–Entonces, lo nuestro deberíamos arreglarlo pronto.

–Mañana.

–¿Qué tengo que hacer?

–Deja quieto a Arrieta. Deja quieto todo este asunto, por ahora.

–¿Qué vas a darme?

–Influencia.

Marcos León asintió.

–¿A qué hora mañana?

–Tarde. A las ocho.

–¿No me harás esperar otra vez?

–No creo –dijo Wilson.

Aquélla fue una cita cabal, porque el amor, que no existe, acoge a los desesperados. Hull y Laura habían quedado a las siete en el hotel. No obstante y sin haberse puesto de acuerdo, los dos llegaron con más de una hora de antelación. Pensaban que querían estar a solas, aguardar al otro tratando de aclararse las ideas. Pensaban que querían pensar y no era cierto. Los cuerpos se tocaron a plena luz. Querían estar desnudos y juntos a plena luz, la carne era imperfecta y lujuriosa y cálida, no era lisa, no era la carne satinada, resbaladiza, de las películas sino la carne exacta que les constituía, la carne necesaria y placentera de dos cuerpos libres en una habitación. Porque la libertad, que no existe, acoge a los desesperados.

Philip Hull y Laura Bahía se amaron con desesperación. Y como los extremos se tocan, como el final del círculo es su principio, como el punto más bajo de la pendiente es el comienzo de la pendiente más alta, en el límite de su desesperación, allí donde no veían nada o donde sólo veían defección, ruptura, vieron en cambio lo posible, vieron cercanía y continuidad.

–Soy cubana –dijo Laura después.

Estaban tendidos de costado, el uno frente al otro.

–Y yo soy norteamericano.

–No es sólo que haya nacido en Cuba, es que soy procubana, como decís vosotros, es que me importa la revolución.

–Soy demasiado viejo –dijo Hull. Nunca, pensó, se habría creído capaz de decírselo a ella en voz alta.

–¿Para qué? –dijo Laura

–Para ti.

–¿Para mí para qué?

–Dentro de unos años seré mucho más viejo.

–Yo también.

–No. Tú sólo serás un poco más mayor.

–Entonces tú sólo serás un poco más viejo.

Laura cerró los ojos. Enseguida Hull se dio cuenta de que dormía. Se levantó. No tenía sueño. Se dio una ducha, se vistió, y Laura dormía aún. Sentado en una butaca, hojeó una revista turística que había sobre la mesa. Y la miraba dormir. El futuro le pareció posible, le pareció benigno como un día sin calor excesivo y sin un frío perturbador. El aburrimiento le pareció posible. Desear encontrarse con Laura en el pasillo o darse cuenta con ella de que ya son las siete y la luz se retira. Durante años lo había repudiado con horror. Como si el aburrimiento fuera prueba irrefutable de cierta conformidad. Ahora le parecía prueba de vida. Él siempre había vivido a la carrera. Persiguiendo siempre un resarcimiento, una compensación por algún gasto o pérdida que ya no conseguía recordar. Y ahora la lentitud le parecía posible. Terminar cada cosa que empezara. Dejar de ir a la zaga de lo que merecía, de lo que había creído merecer e ir en paso parejo con los días de la semana, con los meses del año, con los años que le quedaban para morir. No era conformidad. La lentitud no era conformidad sino tal vez la prisa. Como haber perdido algo y abrir uno tras otro, corriendo, los cajones, levantar las carpetas y los libros, los abrigos, y empezar con los cajones otra vez: la prisa era aceptar que no lo encontraríamos y en cambio estarse quieto, hacer memoria para recordar en donde lo pusimos, eso era la lentitud.

Laura se dio la vuelta, aún dormida. Mientras la miraba, Hull consideraba absurdo aunque profundamente lógico decirse que era viejo pero no tan viejo como para no tener hijos si es que eran hijos lo que Laura quería, lo que yacía detrás de su insistente para qué, «¿viejo para qué?». Era absurdo y profundamente lógico querer abandonar ahora la calle principal y torcer por una calle más pequeña con una mujer a quien había conocido hacía tres escasos meses, una mujer a cuyo lado la vida podía ser imperfecta, cálida y exacta como un tramo de piel. Vio que se despertaba.

No le preguntaría, pensó. No la pondría entre la espada y la pared ahora. Gestionaría primero su posible traslado a una organización internacional. Hablaría con Wilson y sólo después le pediría a Laura una respuesta. En cuanto a Cuba, había ciento ochenta y nueve países en la ONU. Estados Unidos era uno de ellos. Cuba era otro. Aún les quedaban ciento ochenta y siete para elegir, para lograr salir del laberinto.

Desayunaron a las seis de la tarde, café, zumo, tostadas. Fueron al Jardín Botánico como si fuera el jardín de una ciudad que hubieran visitado, pero también como si fuera un parque. De nuevo Laura se tumbó en un banco y apoyaba la cara en el muslo de Hull. Sólo durante unos minutos la conversación que había tocado libros y árboles y la bola del mundo y el dinero, sólo por un corto espacio de tiempo fue a parar, sin que al principio se dieran cuenta, a Cuba, a la posibilidad de una planificación racional. Entonces discutieron pero como si no discutieran, como si apenas se contaran lo que habían hecho el día anterior. No querían discutir. Habían hecho un pacto. No hablarían del futuro, de su posible futuro común hasta que cada uno de los dos hubiera resuelto su propio futuro. Se habían dado un plazo de tres días.

SEXTA CARTA

Me disipo a su lado, le decía. Llaman disipación a la conducta de los libertinos. Pero disipar es hacer que una cosa que está en el aire sea cada vez menos densa hasta desaparecer. Claro que nunca desaparece del todo. Aunque la niebla se disipa y deja de verse, queda en el aire extendida. Disiparme ahí, a su lado, significa aceptar que la materia no es siempre plomo, carne, madera. También en ocasiones roza lo invisible. Porque si la energía es masa por la velocidad de la luz al cuadrado, entonces la energía es materia también, es una forma de la materia, y así las conexiones, las chispas diminutas que deben de saltar en el cerebro cuando una neurona se conecta con otra, son materia también, y cuando yo le escribo y usted me lee saltan chispas microscópicas, y usted y yo nos hacemos menos densos.

«Lo imposible al actuar sobre lo posible engendra un posible en la infinidad.» Lezama Lima. Un autor cubano. Tantas cartas y no le he hablado nada de Cuba. Nada concreto, una calle, un carro, una revista. Porque se diría que Cuba no es algo concreto. La verdad es concreta, pero la relación de las personas con Cuba empieza antes de la verdad. Las personas en España, por ejemplo, nunca dicen:

en Cuba funcionan mal los autobuses, convendría..., y llene usted los puntos suspensivos. O bien: en Cuba han metido presas a personas por escribir a sueldo de un gobierno enemigo lo que, no obstante, seguramente pensaban, convendría... Nunca dicen convendría, sólo dicen: por lo tanto la revolución cubana no tiene sentido y debe dejar de existir. La parte por el todo. Quiero decir que nadie en España dice de España, o de Francia o de Inglaterra: la sanidad pública no funciona bien, por lo tanto la democracia representativa debe dejar de existir. Dicen en cambio: convendría invertir más dinero o tomar cualquier otra medida. Nadie dice: en España el índice de sida en las prisiones es alarmante, por lo tanto acabemos con el capitalismo. Ni Lezama, ni *La jiribilla,* ni las olas del malecón. No puedo hablarle de las cosas concretas porque antes de las cosas concretas usted ya ha decidido que la revolución cubana debe dejar de existir.

Así pues, dejemos Cuba. Volvamos a los sueños. A los suyos, señor director, que son también los míos: «Lo imposible al actuar sobre lo posible engendra un posible en la infinidad.» Por eso amamos la literatura, por lo que engendra. Ésa es la última razón. Las demás razones tal vez sean complejas, amplias y personales, pero no son la última, la necesaria, la imprescindible.

No sé durante qué enfermedad infantil, si es que hubo una enfermedad infantil, tomó usted qué libro y hacia qué parajes le condujo. No conozco su relación con las palabras, los géneros, con algunos personajes, con algunos autores y propósitos. Pero sé que usted ha rezado como yo la oración de Lezama aun sin haberla oído nunca:

> Ángel de la jiribilla ruega por nosotros.
> Y sonríe. Obliga a que suceda.

Enseña una de tus alas, lee: Realízate,
cúmplete, sé anterior a la muerte.
Vigila las cenizas que retornan. Repite:
Lo imposible al actuar sobre lo posible,
engendra un posible en la infinidad.
Ya la imagen ha creado una causalidad,
es el alba de la era poética entre nosotros.
Ahora ya sabemos que la única certeza
se engendra en lo que nos rebasa.

Por eso leemos, por eso amamos la literatura. Por lo que nos rebasa. Un beso son dos lenguas que se frotan y recorren la boca ajena, pero la literatura dice: boca que vienes de lejos a iluminarme de rayos. Cito para usted a Miguel Hernández y no importa sobre todo el poeta, el poema, la historia, el personaje. Importa el incremento. Los panes y los peces. Usted lee y adquiere un extraño dominio sobre el mundo real. Las páginas se tornan extensibles como si más allá guardaran otras cosas, otros sitios. La mano que roza su mano tiene plumas y manos de yeso cortadas, y usted sabe que existe una playa abierta, una extensión sin límites, el mundo que con los ojos vueltos hacia dentro reconocemos y acatamos. La vida no es la vida, señor director: es la vida con el incremento. Allí donde algunos dirían que se acaba la realidad, usted y yo sabemos que continúa, que detrás del follaje da comienzo una región nueva y nuestra.

¿Usted ha subrayado libros, señor director? Yo he subrayado libros, he memorizado poemas, he subrayado párrafos. Y cuando parecía que estaba quieta o pensativa, no pensaba: recorría el desierto africano, la estepa rusa. Yo he regresado a casa como si me esperaran, ellos, los personajes, el espía que surgió del frío, el Larsen acabado de *El astillero,* el cónsul de Lowry, el periodista conmovedor y cínico de Graham Greene. Y no se trata de hacer una lista. Si antes usé palabras de Julio Cortázar, si menciono a Onetti o evoco a Cernuda no lo hago con ánimo de aprobar o cuestionar. La pregunta aparece junto con cada obra y no después de ellas. La pregunta dice: ¿Pero de dónde procede el incremento? Pero lo que se engendra en lo que nos rebasa: ¿qué lo engendra, y cómo lo hace, y para qué? A veces me preocupa, señor director.

El término plusvalía se ha vuelto tan antiguo porque ya no es preciso discutirlo, todos saben y reconocen que el beneficio no sale de ninguna parte sino de alguna, de la parte del trabajo que no se paga y de la expropiación del tiempo de vida. Dicen que no ocurre lo mismo con la literatura. Dicen que el capital simbólico, los miles de conexiones neuronales que se disipan y crean una envoltura, una atmósfera dentro de la atmósfera, no es capital real, dicen que no es dinero robado ni expropiación de la vida. Amamos la literatura por el incremento pero ¿de qué está hecho? ¿Adónde nos conduce, de dónde nos separa el incremento? Y sobre todo, señor director: ¿adónde no nos conducirá nunca? ¿Cuáles son los imposibles que no se dicen, que no actúan nunca sobre lo posible en la literatura?

Mírela ahora desde lejos. Es como un viento que agitara las ramas de los bosques que fueron y serán. Es un viento que agita el espíritu, pero ¿adónde lo ha llevado? ¿Pero es que aún no aprendimos que el espíritu no está separado de la tierra? La literatura pertenece a los sueños, señor director. No a los sueños concretos sino a los fragorosos, a los providenciales. Y usted y yo sabemos cuáles son los sueños que nunca se sueñan.

El héroe pertenece a la literatura. El héroe pertenece a los sueños porque adula nuestra impotencia, porque es como nosotros y, sin embargo, en un instante tiene lugar la prueba y vuela el héroe, o es valeroso, o magnánimo.

Importa que todo ocurra pronto, importa para sentir así que nosotros podríamos haber sido el héroe.

El héroe no es quien ensaya y rectifica y persevera y yerra de nuevo y de nuevo vuelve a rectificar. No es quien procura dominar los impulsos oscuros, los suyos, los de los otros, y lentamente lo consigue, aunque no siempre, e insiste y lentamente mejora. El héroe, en cambio, es quien se deja llevar por un impulso refulgente en un instante porque nosotros, en un instante, podríamos dejarnos llevar.

La revolución cubana ha dejado de ser heroica. Cinco minutos, acaso cinco años para cambiar el mundo y volver a dejarlo igual aunque con canciones y fotografías, eso habría sido heroico para la literatura. Cuarenta y cinco años de insistir y de errar y de rectificar y persistir para dar cuenta de una verdad tan simple como que el máximo beneficio de los accionistas no es compatible con el bien de la comunidad, de la comunidad completa, se entiende, pues no hay otra. Cuarenta y cinco años ensayando no son jamás heroicos, ni literarios.

No hay héroes ni hay tampoco antihéroes en la revolución. El antihéroe pertenece a la literatura porque no necesita hechos que se prolonguen sino actitudes. Una actitud de dulce descreimiento que adopta el antihéroe, y también nosotros durante la evocación.

Yo sé que a usted esto no le concierne, yo sé que usted busca el interés humano, pero tal vez forme parte del interés humano preguntarse si no soñamos literatura porque ella adula nuestra impotencia y nos retrae, porque las decisiones que se toman por los sueños son decisiones que nos protegen a nosotros nunca con, siempre frente a los demás. Y déjeme decirle, señor director, que el agregado y yo coincidimos en muchos libros.

Le guarda,

Laura Bahía

7

Cuando Marian Wilson llegó a su despacho a las nueve, encontró sobre la mesa una nota manuscrita de Hull diciendo que deseaba verla esa misma mañana. Wilson sonrió como los abatidos sonríen a veces un instante. Descolgó el teléfono para llamar a Hull:

–Puedes pasar ahora por mi despacho.

En casos especiales, Wilson salía de detrás de su mesa y se sentaba al lado del recién llegado. Pasó frente al cristal de la ventana, quiso ver su rostro pero no vio nada, sólo el reflejo cuadrado de la luz del techo. En su cara luz negra, pensó, luz invisible que los alemanes utilizaron por primera vez para la puntería en la oscuridad.

Hull la saludó sin reparar en que Wilson le esperaba delante de la mesa. Cuando se sentaron tampoco reparó en la silla que había ocupado ella, tan cerca de la suya.

–Ahora que todo ha terminado quiero pedirte que me gestiones un puesto en la FAO. No es un ascenso ni un descenso. Es un cambio de actividad. A mis años, seguramente es lo mejor.

–No ha terminado todo.

–Todo lo complicado. El resto de las negociaciones

llevarán su tiempo y son de vuestra estricta competencia. Yo ya no pinto nada.

Wilson llevaba puesta una falda estampada con limones amarillos y hojas verdes, y una blusa blanca de manga corta. Se había echado por los hombros una chaqueta verde de algodón pues, a pesar del calor de esos días, en el interior de la embajada sentía el frío del aire acondicionado. Sus zapatos eran de piel con un tacón mediano y ahora los escondía bajo la silla. Miraba a Hull, pensaba que la inminencia del verano les aniñaba un poco, ella con su falda de limones, Hull con unos pantalones que no se atrevían a ser vaqueros aunque estaban cerca y un polo de manga larga con los botones desabrochados. Tenía que decírselo, y entretanto le parecía estar sujetando un vaso de cristal en el aire sin tocarlo, sólo por la fuerza de la concentración.

–¿Qué país te gustaría? –preguntó por fin.

–Supongo que tendría que ser un puesto itinerante, con la base en donde me dijerais.

–¿Paraguay? –dijo Wilson.

–¿Por qué no?

–¿Senegal, Mozambique?

–Mi francés no es perfecto pero es bastante bueno. Mi portugués también.

–Te irías con esa chica hasta el fin del mundo –dijo Wilson.

–Bueno, venga –Hull le huía la mirada–, no te pases.

–No puede ser. Nos la han jugado. Ellos no deben saber que lo sabemos.

Hull la miró como si hubiera hablado en otro idioma y estuviese traduciéndola.

–¿Quiénes son ellos? –dijo luego.

–Laura Bahía y –el vaso imaginario se hizo añicos contra el suelo– Miguel Arrieta.

–¿Qué tiene que ver Arrieta en esto?

–Todo. Tiene que ver todo.

Hull se levantó:

–Ahora vuelvo.

Cerró la puerta tras de sí despacio, atravesó con aire despreocupado la sala donde trabajaban cuatro personas. Llegó al pasillo, pensaba que no iba a aguantar mucho más. Allí estaba la puerta del servicio de caballeros. Hull abrió una de las pequeñas puertas interiores, se sentó en la tapa bajada, dobló la cabeza sobre las rodillas, la cubrió con los brazos para no dar portazos, para no dar patadas y sollozar a gritos. Una mano apretaba la otra con fuerza. Notaba su cara roja de vergüenza y rabia. A los pocos minutos se levantó. Salió fuera. Apoyó la mejilla contra los azulejos fríos de la pared. Lloraba en silencio. Después se irguió y se lavó la cara.

Cuando volvió a entrar en el despacho de Wilson ella seguía sentada en la misma silla. Hull se quedó de pie.

–Esta tarde había quedado con Arrieta. Íbamos a ir a ver a un amigo suyo que vende ordenadores. Mi portátil se ha roto –dijo Hull, y todo se le antojaba ridículo.

–¿El portátil de la embajada?

–No, el mío.

Wilson se levantó. En un segundo había visto una pesadilla completa con Miguel Arrieta habiendo entrado en el ordenador de Hull y en el sistema. Debía controlarse. Hull tenía un portátil para escribir su diario o correos a su hijo, a ella qué le importaba.

–No faltes a la cita. Es importante que no note nada. Espero por tu bien que sepas disimular.

–¿Por mi bien?

–Nos jugamos mucho.

–Espero que me expliques todo esto.

Wilson miró a Hull, estaban frente a frente y con sus tacones ella tenía casi la misma altura. Cuánto de precario había en ese hombre. Cuántas dosis de insensatez y de estúpida generosidad. En qué se parecía a ella. Cuántos centímetros le separaban de las cosas. Cuánta ambición tenía, cuánto miedo. Wilson regresó a su mesa.

–Mañana.

–Tendré que hablar con Laura.

–Hoy no. No descuelgues el teléfono si crees que puede ser ella. Mañana ven aquí a la misma hora.

Por la tarde, Hull esperó a Arrieta sentado en un banco de la plaza de Olavide. La vida parecía tan simple: ver correr a dos niños, ver dormir a un vagabundo, oír hablar a tres mujeres en un banco cercano, ir con Arrieta a visitar a un hombre que vendía portátiles de segunda mano aunque eran nuevos en realidad.

Arrieta llegó puntual.

–Es en esa calle –señaló.

Llamaron al telefonillo del portal y no respondió nadie.

–Vamos a un bar –dijo Arrieta–. Habrá tenido que salir.

–Cuba es una mierda –dijo Hull. No había pensado decirlo, eso no era disimular, o quizás sí, quizás era mucho mejor que hablar del tiempo.

–¿Te has peleado con la chica? –preguntó Arrieta.

–¿Pelearme? No, por Dios, sólo hemos intercambiado opiniones. Yo no puedo ir a Cuba, es absurdo. Y ella no querrá dejar ese país en donde meten a los homosexuales en campos de concentración.

–Eran Unidades Militares de Ayuda a la Producción.

–¿Cómo lo sabes?

–Reinaldo Arenas, sus libros, la película. No sólo me importan los efectos navales. Hubo protestas dentro de la isla. Las UMAP se cerraron.

–Sabes mucho –repitió Hull.

–Conozco a dos cubanos homosexuales. La homosexualidad se despenalizó en Cuba en 1979. No es como para que estén orgullosos, pero es mucho antes que en varios estados de tu país.

–Nunca hubo campos de concentración en Estados Unidos.

–Las UMAP fueron una mierda, pero acabaron. Hace más de treinta años que acabaron. Cuba es más que eso.

–A lo mejor tu amigo ha vuelto –dijo Hull.

Acababan de servirles las cervezas que habían pedido. Arrieta miró a Hull:

–No creo –dijo–. Le habría visto entrar.

–Así que te gusta Cuba –dijo Hull.

–No –dijo Arrieta–. Supongo que me molesta que se la ataque por ese tipo de cosas. Se gastan cartuchos en vano. Es como atacar a Estados Unidos porque hace cuarenta años cada vez que violaban a una chica blanca metían a un negro en la cárcel.

–Te estás burlando de mí.

–En absoluto. Lo malo de Cuba es su estilo de vida. No hay cultura del automóvil, los supermercados son una broma. No hay libertad de empresa. No hay negocio para casi nadie.

–Te burlas y no me gusta. No tienes por qué usar la ironía conmigo.

–No me burlo. Tú has vivido en Nicaragüa, yo pasé unos años en El Salvador. Tal vez recuerdes una frase del secretario de Estado norteamericano, creo que era Schultz.

Dijo que en Nicaragüa y en El Salvador luchabais por defender vuestro estilo de vida.

–Vete a la mierda –dijo Hull.

–Como quieras. Supongo que ya es hora de que sepas que a mí me habría gustado estar ahí, en Cuba. Apoyar lo que intentan. Pero yo soy el pistolero, el hombre de negocios. Yo tengo que apostar por un caballo ganador y Cuba no es un caballo ganador.

–¿Por qué?

–Por el estilo de vida. Porque un país no puede construir una visión del mundo. No puede hacer que prevalezca una cierta idea de prosperidad. Ni siquiera lo logró la Unión Soviética y eran muchos más. La idea de la prosperidad está fuera, la idea de lo que significa tener futuro y vivir una buena vida no se hace en Cuba. Se hace fuera. Puede que sea una idea engañosa. No importa. Tiene presencia. La vemos en todas partes.

–Un hombre acaba de entrar en el portal –dijo Hull.

–Voy a ver si es él. Espérame aquí.

Arrieta salió del bar. Hull apuró su cerveza. A la mierda Cuba. El engaño y los dólares no le importaban nada. Pero él había creído que Miguel Arrieta estaba solo, que no pertenecía a nada ni nadie. Y ahora le aborrecía por pertenecer.

Wilson entró en el despacho de Carter a las seis de la tarde.

–Así que tenías razón –dijo Carter sin levantarse, sin saludar.

–Lo siento.

–Van contra ti.

–Eso parece –dijo Wislon–. A ti te viene bien.

–No, no creas.

–Yo era el policía malo y me necesitabas –dijo Wilson.

–Todos sabían que estando tú en España no habría tolerancia con el bloqueo, que presionarías al gobierno lo necesario para que España dejara de ser la aliada fraternal de Cuba, que ayudarías a los medios hostiles, lo que has hecho, en fin.

–Conmigo aquí no les daba miedo oír tus teorías aperturistas.

–No es ningún secreto. Es el juego. Siempre el mismo juego con distintos dados, con distintas fichas.

–¿Y ahora?

–Ahora debo quitarte de en medio. Con elegancia y delicadeza. Sé que estamos juntos en esto.

–¿Qué harás con los cubanos?

–Nada. No puedo hacer nada. Nos han engañado limpiamente, por así decirlo.

–Pero...

–Necesitamos un rey muerto. Una reina, para ser exactos. No puedo expulsar a Sedal por actitudes incompatibles con sus funciones. No puedo dejar que esto se sepa en ninguna parte. Necesito una reina que tranquilice a Miami y eche tierra sobre el asunto.

–¿Y Arrieta?

–Con segarle la hierba me basta. Prepáralo, Marian. Lo más rápido posible.

–¿Y Hull?

–Que se manche los brazos hasta el codo. No quiero que ahora ni dentro de diez años pueda decir ninguna estupidez.

Ese mismo lunes, al anochecer, Agustín Sedal y Laura Bahía se reunieron en la Embajada de Cuba. El edificio estaba casi vacío. Atravesaron dos grandes salas desangeladas y se detuvieron en un pequeño vestíbulo sin una mesa, con sólo tres sillas dispuestas sin orden y unas altas cortinas de un material duro.

–Voy a ponerte vigilancia –dijo Sedal.

–¿Por qué justo ahora?

–Algo no ha salido bien. Se han podido enterar antes de tiempo.

–Si nosotros íbamos a decírselo, qué importa. ¿Qué podrían hacernos?

–Ya no es posible dar marcha atrás y ellos lo saben –dijo Sedal–. No sé qué pueden hacernos. Wilson no caería en venganzas inútiles. Pero hay venganzas útiles. Sobre todo me preocupan algunos grupos de Miami.

–¿También pueden haberse enterado?

–Pueden.

–¿Y actuarían en España?

–No es probable, pero siempre es posible. Tendrás que irte a Cuba el sábado. Antes sería demasiado precipitado, y después a lo mejor es tarde.

–No sé si quiero irme a Cuba. La última vez que fui, vi el vídeo turístico del avión.

–Vamos, Laura.

–Cuerpos, puestas de sol, hoteles, bebidas, restaurantes.

Laura se levantó. A veces daba la impresión de ser más alta de lo que era. Aunque llevaba unas zapatillas planas, parecía que el cuerpo creciera desde el suelo, los pantalones hacia arriba, la camiseta de manga larga, el cuello y también un poco hacia arriba las comisuras de los ojos pero, sobre todo, una media sonrisa que la colocaba lejos de sí misma, acaso viéndose desde la pared de enfrente y sin dar demasiado crédito a sus pies, a sus ojos, a lo que fuera que viese su doble quieto.

–No hagas sangre –dijo Agustín–. Sabes que estoy de acuerdo. El turismo nos obliga.

–Pues podíamos callarnos –dijo casi en voz baja–. Por lo menos callarnos, no decir nada, no poner ningún vídeo. Ya hasta los taxistas oficiales han aprendido esa cantinela de «nuestras mujeres», «lo orgullosos que estamos de nuestras mujeres». Lo orgullosos que están de los kilos de carne bien colocados. Dentro de poco empezarán a decir que están orgullosos de los muchachitos cubanos, de lo sexys que son.

Agustín puso una mano en la mano de Laura.

–Vamos, niña.

–No sé si quiero volver a Cuba.

–¿Es por el agregado?

Laura guardó silencio.

–No les molesta lo que hacemos mal –dijo al poco–. Eso les gusta. Les molesta lo normal. –De nuevo bajó la voz, y parecía preguntar–. Les molesta el intento de una sociedad que no deje fuera a los caídos, a los estropeados.

–¿Es por él?

–Ésa fue la última discusión que tuve con Philip, ¿sabes? La planificación. Él estaba en contra de la planificación. Le pregunté si le parecía lógico que las empresas más grandes se dedicaran a investigar la textura de los bombones de chocolate o de las galletas saladas en vez de cosas necesarias. Dijo que sí, que le parecía lógico.

–¿Te gustaría irte con Hull?

–Tampoco lo sé. –Laura daba vueltas de pie, sin mirar a Sedal–. ¿Adónde iríamos?

–¿Eso no es secundario?

–No. A veces crees que estás perdido y encuentras a

alguien. Es como si hubieras encontrado un trozo de madera al que agarrarte, ya no te hundirás. Pero siempre hay una costa. Por fin llegas a una costa y tienes que estar de pie. Tienes que construir una vida.

–Él no se iría a Cuba.

–Quién sabe. Una vez me dijo: «Háblame como la lluvia y déjame escuchar.» Es el título de una pieza corta de Tennessee Williams. La busqué, la leí.

–¿Y?

Laura sonreía, sin mirar a Sedal.

–Muy triste. Un chico está en paro y se ha gastado en una noche el dinero del subsidio de un mes. Ha vuelto a casa, borracho, y se ha quedado dormido. Cuando se despierta le dice a la chica que vive con él: háblame como la lluvia. Entonces la chica le dice que quiere irse a un hotel de la costa a vivir con un nombre supuesto. Allí alguien pagará su habitación todos los meses. Ella no hará nada, no verá a nadie, sólo dará paseos, leerá largos libros y a lo mejor alguna vez irá al cine. Luego un día se dará cuenta de que su pelo está empezando a ponerse gris, y será que han pasado veinte años. Y otro día se dará cuenta de que su pelo se ha vuelto blanco, y será que han pasado otros veinte años. Entonces se mirará al espejo y verá lo asombrosamente delgada e ingrávida que se ha vuelto. No pasa nada más. El chico le pide que vuelva a la cama con él. Ella llora. Fuera está lloviendo.

–¿Así es como el agregado se imagina Cuba?

–No lo había pensado. La pieza pasa en la Octava Avenida, en la zona central de Manhattan.

–¿Entonces?

–No lo sé. A lo mejor no le gustaba la historia, sólo el título. He estado pensando en eso, Agustín. ¿Cómo habla la lluvia? Sin altibajos, extensa, persistente, como si nunca fuera a terminar.

Laura seguía de pie, de perfil ahora, mirando hacia una pared sin ventana con los ojos brillantes.

–Ocrán-Sanabú –dijo Sedal.

–¿Qué?

–Bueno, por fin me miras. Ocrán-Sanabú. Me lo dijo Miguel Arrieta. Porque Arrieta, el amigo de Philip Hull, trabaja para nosotros. Ahora ya puedes saberlo.

Laura se acercó a Sedal.

–¿Philip lo sabe?

–Digamos que hay una probabilidad del cincuenta por ciento. Del cincuenta y uno. Laura...

–No hace falta, Agustín. No tienes que darme ninguna explicación. –Laura se había sentado–. ¿Qué quiere decir Ocrán-Xanadú?

–Sanabú. Es una forma de llamar al momento en que se acaban las palabras.

–Las palabras no se acaban –dijo Laura–. La lluvia cesa, pero no se acaba.

–¿Tú esperas convencer a Hull?

–Creo que sí.

–No te puedo quitar la protección. Al menos hasta que Marian Wilson abandone España.

Laura asintió.

–No anularé tu billete –dijo Sedal–. Sería bueno que regresaras a Cuba el sábado.

¿A quién podía llamar? Desde que a las diez menos cuarto de la mañana abandonara el despacho de Wilson, Hull no había encontrado un lugar en donde imaginarse. Había vuelto a su mesa, había cerrado la puerta y pedido que no le pasaran llamadas. Y ahí sentado qué pequeña le parecía la habitación. Eran las diez en punto.

Detuvo los ojos en un pisapapeles azul, semejante a una de esas piedras de colores que se encuentran a veces en la orilla del mar pero del tamaño de la palma de su mano. Lo miraba y de nuevo trató de pensar en un sitio. No le servía el puente de Juan Bravo ni la cafetería silenciosa adonde solía ir. No le servía su casa ni entrar, como había hecho otras veces, en un gran almacén para mirar libros y películas. Tampoco deseaba coger el coche, violar su horario, inventar una excusa y conducir hacia el puerto de la Morcuera o más allá. No quería estar solo ni rodeado de gente en la embajada o en la calle. ¿A quién podía llamar? Porque eso era todo lo que quería, llamar, acordar una cita, decir: necesito verte, tengo que contarte algo.

Los ojos resbalaron del pisapapeles a un posavasos con koalas dibujados por aborígenes de Australia. Y del posavasos a un rotulador negro Micron 03 japonés, perfecto, que le había regalado Laura diciendo: para cuando escribas tu libro. Hull metió el rotulador en el cajón central de su mesa. No podía llamar a Laura Bahía. No podía llamar a Miguel Arrieta. No podía llamar a su hijo porque cuando empezara a contarle lo que quería contarle su hijo le diría: «No es asunto mío, papá, no quiero oírlo, no tienes derecho a llamar ahora para contarme esto.» Y lo demás eran nombres, personas de la embajada, conocidos y conocidas de sus años de estancia en Madrid, cuatro o cinco amigos diseminados por Estados Unidos, Bolivia, Nicaragua, a los que no veía hacía siglos, con los que sólo se cruzaba de tanto en tanto algún correo electrónico. No podía contar en un correo electrónico lo que le estaba pasando. Necesitaba una cara y un cuerpo delante de él. O una voz. Siquiera una voz.

Hull salió de su despacho deprisa, abandonó la embajada, se internó por las calles del barrio de Salamanca hasta encontrar una cabina en una calle en sombra. Entró y descolgó el auricular. ¿A quién podía llamar? ¿A quién podía decir: lo siento? Y se quedó quieto allí, en el interior de la cabina, con el auricular levantado. De vez en cuando el zumbido del auricular se cortaba. Entonces Hull colgaba y volvía a descolgar porque quería seguir oyendo ese zumbido.

Alguien le había contado que en Hungría hubo durante muchos años un número de teléfono adonde se podía llamar para oír el Do, el sonido A. Cuando lo habías perdido, cuando necesitabas la referencia para afinar la voz o un instrumento llamabas y ahí estaba el sonido A. Quizás pudiera llamar a Hungría, averiguar ese número y llamar luego ahí, porque él lo había perdido, había perdido la referencia y si no tenía ninguna persona a quien llamar tal vez pudiera sólo quedarse escuchando el Do que otros antes que él habían necesitado. Y Hull volvía a colgar y luego levantaba el auricular, el zumbido continuo era lo más parecido a lo que estaba buscando. Pensó que en Hungría ya ese servicio habría dejado de existir. Lo habrían privatizado primero y, después, lo habrían eliminado.

Al cabo de unos diez minutos se acercó una mujer con intención de llamar. Hull colgó y salió de la cabina. Regresó a la embajada muy despacio. No le pedían que matara. No le pedían, se dijo, que hablara con los que iban a matar, que les dijera el arma o el momento. Sólo le pedían que les pagara. No que sacara dinero de su cuenta sino que entregara el maletín. El hombre del maletín. Le había entregado uno a Laura y ahora entregaría uno contra Laura. Con menos dinero. Seguramente con mucho menos dinero. Matar era más barato que corromper. Al menos no necesitaban un beso de Judas, eran otros tiempos, los autores dispondrían de fotografías. Sólo le pedían que estuviera dentro de la operación. Que dejara constancia de que estaba dentro. ¿Y cómo no iba a estarlo? Fuera no existía, se dijo. Fuera no existía.

SÉPTIMA CARTA

El secreto es un arma de débiles, señor director. Nace de una debilidad que es preciso esconder para no dar ventaja al enemigo, para que no nos sepa vulnerables. Nace a la defensiva, pero muy pronto el débil se acostumbra y trata de olvidar lo que tuvo que esconder con vergüenza y temor pues imagina el poder que obtendría ocultando su fuerza.

De ahí proviene la excitación del secreto; basta con el más sencillo, basta la historia de un hombre que sabe inglés y lo oculta, oye y entiende lo que no debe y, un día, desvela lo que sabe y lo utiliza. Viene luego la historia de un capitán de submarino que oculta su valor porque no quiere luchar contra una embarcación cualquiera sino contra el destructor más temido que hundió su barco, que mató a los suyos. Y pasa el capitán por cobarde, rehúye los combates como un cobarde, pero un día se produce el encuentro esperado, el capitán lo arriesga todo contra el destructor y los demás comprenden y saludan su virtud, su valentía.

En cierto modo el secreto está en todos los sueños, los fragorosos, porque a escondidas, a oscuras, soñamos la potencia y que un día la descubrirán. El secreto convierte la nostalgia en ardor, en espera, en futuro: pudimos ser y no quisimos, y es ese no querer lo que ocultamos, lo que nos hace silenciosamente fuertes: no quisimos, por tanto, si quisiéramos, podríamos todavía, nos decimos, y así no caducamos, y así no decaemos, y damos la vuelta a la almohada con exaltación.

Yo tengo mi secreto, señor director. Se lo voy a contar porque si usted está aquí, si yo estoy con usted en esta carta, es que ya no estoy en ninguna otra parte. Yo le quise, señor director, y eso no cambia nada. Se rasgan algunos las vestiduras ante el hombre inflexible que es capaz de traicionar a su amada, a su amigo, a su padre por la revolución. Se alaba casi siempre al que defiende al amigo por encima de la causa o defiende al amado, o al padre. Se alaba al que traiciona la causa, se condena al leal a la causa. Se alaba lo que llaman amor incondicional, amistad incondicional, vínculo familiar incondicional. Pero no hay caso, señor director. No hay ocasión para que ninguna de estas dos situaciones se produzca en realidad, no hay materia sin forma, la materia se presenta siempre bajo alguna forma y no están separadas, y el amor no podría jamás subsistir sin la forma de una clase de vida.

Siempre hay un umbral de condiciones que ponemos al amigo o a la revolución. Una vida en la que vejaríamos al amigo de otro por defender al nuestro no es una vida deseable. Por otro lado, el interés del conflicto, ya se sabe, no radica en elegir entre un mal y un bien sino entre dos bienes distintos. En cuanto a mí, qué bien habría elegido.

Yo sé que voy a parecerle inhumana al decirle que habría elegido Cuba, que habría elegido una revolución que sobrevive a tientas, malamente, sitiada por los sueños de los otros y también por los sueños de los suyos, una revolución que se corrompe a trozos y no tanto en lo de arriba sino también en lo pequeño. Es más humano, dicen, abandonar a muchos para aferrarse a uno, quizás porque uno sólo tiene piel y calor y es aferrable pero muchos no son aferrables y es humano, parece, ver cómo nos aferramos al cuerpo próximo con nombres y apellidos.

Le diré mi sueño humano, entonces, para que no me odie, para que no se vaya todavía. Sueñan los hombres y mujeres en los hijos a veces el desquite, la admiración a veces, a veces solamente cercanía. Que sean jueces cercanos, que su sola presencia nos impida defraudar en algún grado al menos. Se sueña en negativo que no caiga la desgracia sobre ellos ni el dolor. Pero un día aparecen sus caras. Están ahí, tienen su almohada, tarde o temprano le darán la vuelta y soñarán. Yo vi sus caras, señor director. Yo vi a mis hijos con el agregado, vi a los que pudieron ser y ya no serán nunca. Y tal vez se pregunte, como yo me pregunto, por qué no les escribo a ellos en lugar de escribirle a usted. No les escribo porque es insoportable pensar que no existieron.

En realidad, el verdadero conflicto tampoco consiste casi nunca en elegir entre dos bienes sino entre dos males, señor director. ¿Debe Agamenón sacrificar a su hija, y eso es un mal, o debe negarse y permitir que la ausencia de viento impida navegar a los barcos, mate de hambre y enfermedad a los hombres y muera él mismo o sea desterrado por no haber combatido como se le ordenó, y eso también es otro mal?

Ésta es acaso mi carta más triste. Yo ahora tendría que darle una buena noticia, contarle que su equipo ha ganado la liga, por ejemplo, o cualquier otra cosa pequeña pero significativa. Y no juego, se lo juro, señor director. Es sabia, a su manera, la sabiduría popular. A grandes males, grandes remedios, y yo ya lo he cumplido. Pero las cosas pequeñas, la sonrisa inoportuna, los días claros, un tono de voz frío en el teléfono, el manual de papiroflexia, lo con suerte o con esfuerzo finalmente conseguido, la dificultad de mantener las cosas en orden. Ésta ha sido mi carta más corta, señor director. El tiempo apremia.

Laura Bahía

8

Philip Hull llamó a Laura y le pidió que fuera a su casa. Wilson le había advertido que había alguien siguiéndola, alguien vigilándola, protegiéndola. De modo que pensó que Laura se negaría, pero también que no lo haría, precisamente donde no podía ocurrirle nada, donde sería un problema que le ocurriera, era en su casa.

–¿Entonces puedo ir ahí? –preguntó ella.

–Me gustaría que lo hicieras. Ya todo ha terminado. ¿Tienes que pedir permiso?

–Sí –dijo Laura.

–De acuerdo. Llámame.

A los cinco minutos Laura llamó para confirmarle que iría. Y Philip se sentó a esperar.

Laura llegó a las ocho de la tarde. Hull abrió la puerta y la hizo pasar literalmente, trazando con el brazo un medio círculo en un amago de reverencia.

Las zapatillas de Laura no levantaban ni el más leve crujido en la madera, si Hull hubiera cerrado los ojos habría podido pensar que estaba solo mientras Laura avanzaba hacia el interior. Llegaron a un salón.

–¿Quieres una cerveza? Siéntate.

Laura eligió un sillón muy bajo y ancho.

–Bueno –dijo–. Una cerveza.

Philip salió aliviado por el tiempo de soledad que le llevaría traer las bebidas. No quería la soledad para pensar en algo concreto, sólo para retrasar el encuentro.

–Gracias –dijo Laura.

La mesa baja del salón era cuadrada y cada lado medía más de un metro. Pensada para sobremesas profesionales, resultaba absurda para dos personas que quieren hablar.

–Por fin veo tu casa –dijo Laura.

–¿Quieres que te la enseñe?

–Bueno.

Era la segunda vez que lo decía esa tarde, «Bueno». Hull no recordaba habérselo oído antes, esa manera de expresar conformidad con una mezcla de resignación e indiferencia absoluta. Pero Laura se había puesto en pie.

Pasaron delante de un comedor amplio con puertas correderas que daban a un salón más amplio aún. A continuación había una especie de despacho biblioteca. Laura se disponía a entrar en él cuando Hull dijo:

–Todo esto es el escaparate, la parte de la casa para recepciones e invitaciones.

Doblaron a la izquierda por un pasillo y llegaron a un cuarto pequeño con un televisor.

–Aquí veo la tele –dijo Hull.

–¿Podemos quedarnos aquí?

–¿No quieres ver lo que queda?

Y pensó que Laura iba a decir bueno, pero esta vez dijo:

–No.

Hull fue en busca de las bebidas otra vez. Cuando volvió, ella estaba sentada en un pequeño sofá azul y le decía:

–No puedo irme contigo.

–¿Por qué? –preguntó Hull mientras acercaba una butaca.

–Porque tú no te irías conmigo.

Philip Hull vio lo pequeña que era Laura. Tan pequeña que podría viajar, hecha un ovillo, en una de sus maletas. Tan pequeña que podría esconderla en más de veinte rincones de la casa y cubrirla con una chaqueta, con un trapo, con una toalla; nadie la vería. Podría escapar con ella y nadie la vería.

–No me iría a Cuba contigo –dijo Philip.

–¿Escribirás tu libro?

–Eso qué importa.

–Importa –dijo Laura. Después, sin mirarle–: ¿Me puedes abrazar?

A Philip Hull le quemaban los ojos con el calor soportable de las lágrimas cuando no son lágrimas aún sino que asoman a la órbita y se retiran, porque Philip hizo que se retiraran.

Llevó a Laura hasta el dormitorio. Al verla allí, sentada en su cama, entre sus cosas, pensó que estaba perdiendo el mundo. Laura tiró sus zapatillas y metió los pies en las de Philip. Él se sentó a su lado y ella apretó su mano. Después se apoyó en él y dejó que Philip la rodeara. Él le acariciaba la cabeza. Podía decir que no. Se irían los dos sin nada, fuera de la tribu, solos y desterrados y malditos. Encontrarían una casa entre los esquimales, entre los indios pieles rojas, entre los aborígenes de Australia. Pero no podía. No le dejarían irse. Y si él no pagaba a esos hombres, Wilson lo haría en su lugar. Podía dejar que Wilson lo hiciera en su lugar. Podía convertirse en un peligro para los suyos. Podía suplicar que no le obligaran a perderla. Ella era sólo una intermediaria, tal vez si se lo explicaba todo ella aceptase callar, callar con él, irse con él.

Se buscaron las bocas. Se desnudaron y se amaron y nunca lo habían hecho tan callados, como si hubiera alguien detrás de la puerta y en absoluto quisieran dejarle oír.

Philip volvió el cuerpo al lado contrario de Laura. Ella no se acercó para cubrirle con el suyo como solía hacer. Tampoco se dio la vuelta hacia el otro lado dejando que las espaldas se tocaran. Debía de estar tumbada boca arriba, se dijo Philip. Debía de tener los ojos abiertos. No quería perderla. No quería que se la arrebataran pero era como si ya lo hubieran hecho, como si le hubieran prohibido darse la vuelta, volver a verla, mirar atrás. Como si a Laura la arrastrara la marea y él no pudiera dar una brazada más porque de lo contrario también a él el mar le arrastraría, no lograría salvarla y se ahogarían los dos. Pensó en el mar. Pensó en su nieto, en el mar, y en un tiempo en el que todo sería diferente.

Ella se incorporó. Philip Hull sintió su mirada mientras le oía decir:

–¿Adónde te escondiste y me dejaste con gemido?

Después oyó cómo se levantaba y empezaba a vestirse.

–Me voy el sábado –dijo.

–Necesitamos más tiempo –dijo Philip levantándose–. Tenemos que encontrar el modo. Tiene que haber un lugar para los dos.

Laura ya estaba junto a la puerta:

–Hay un momento en que las palabras se acaban –dijo, y salió.

Al día siguiente, a las ocho menos cuarto de la mañana, cuando Hull estaba en la ducha le pareció oír su teléfono móvil. Siguió duchándose. Sonó entonces el teléfono de su casa y después los dos a la vez.

Salió desnudo, sin coger una toalla; tampoco se apresuró.

–Tienes que llamarla. –Era la voz de Wilson.

–¿Ahora?

–Ella suele salir de su casa a las ocho y media. Tienes que hacer que baje a y cuarto.

–¿Y el hombre que la vigila?

–Es uno solo. Lo distraerán.

Hull iba a responder: «Dijisteis que no haría falta, dijisteis que sólo tendría que llevar el maletín, y ahora también queréis el beso de Judas.» Pero guardó silencio, colgó y se quedó mirando el charco de agua en la madera.

Fue andando hacia el dormitorio. A cada poco se sacudía para secarse. Se vistió, tuvo tiempo de hacerse un café. Después fue al recibidor. Aún faltaban cinco minutos para la hora. No hizo nada, sólo mirar la aguja del segundero dando vueltas. Luego marcó el número de Laura. Esperó un minuto antes de apretar el botón.

–Laura, estoy abajo, necesito verte.

–Sube –dijo ella.

–No puedo.

–Ahora voy –dijo Laura–. Ahora voy.

En la radio dijeron que se había producido un fuego cruzado, un ajuste de cuentas en la calle de Argumosa, un mexicano de unos cuarenta años había recibido tres disparos, otro hombre había huido y una bala perdida se había alojado en el cráneo de la joven L. B., quien vivía en un inmueble sito en la misma calle y se disponía a salir. Al parecer, no había ninguna prueba de que L. B. estuviera implicada en el tiroteo de bandas rivales. En realidad, de los tres balazos que recibió el mexicano, dos procedían de un arma y el tercero de un arma distinta, el arma de un agente de la Seguridad del Estado de Cuba. En cuanto al hombre que huyó, hubo dos hombres. El primero recibió un disparo en el hombro cuando huía. El segundo fue el agente de la Seguridad del Estado: esperaba junto al portal de Laura, vio que un hombre apuntaba al mexicano, vio que el mexicano le apuntaba a él. Primero se defendió; Laura aún tardaría diez minutos en bajar. Pero Laura abrió la puerta y cuando el agente apuntó al hombre, el hombre ya estaba disparando a Laura y echó a correr disparando no al agente sino al mexicano desde lejos.

Laura estaba inconsciente. El agente llamó a una ambulancia y estuvo con Laura hasta que oyó las sirenas. Cuando abandonó el lugar, lloraba de rabia. Todo había sido muy rápido, sin embargo a él le habían preparado para reaccionar rápido. No debía haberse defendido. A nadie interesaba que uno de los muertos fuera un cubano directamente vinculado con el aparato de seguridad. No debía haberse defendido, pero fueron aquellos diez minutos, pensar que aún contaba con diez minutos, pensar que tenía que estar vivo cuando bajara Laura, pensar que no sabía cuántos más iban a venir.

A la misma hora que Laura moría, las llamas devoraban la tienda de efectos navales de Miguel Arrieta. El humo despertó a los vecinos e hizo salir a Arrieta de su casa a medio vestir.

Un agente de la Seguridad del Estado cubano llamó a los bomberos. Después trató de entrar en el inmueble en llamas pero algo explotó, enviándole a la calzada. Cuando Arrieta bajó, vio al cubano tendido en la acera. Arrieta llamó por teléfono y al poco dos médicos le recogieron.

Arrieta no intentó entrar en la tienda. Vio cómo ardía. Vio los distintos focos que parecían relevarse, si bien cuando llegaron los bomberos sólo había una hilera de llamas uniforme. No le extrañó descubrir, en un instante, humo y fuego en el piso de arriba, en la ventana de su dormitorio. La conducción eléctrica, gritaban los vecinos, y apremiaban a los bomberos y lamentaban todo lo que podían perder si el fuego se extendía. Arrieta sentía deseos de tranquilizarles. Decirles que no temieran, el fuego no iría más allá del primero derecha aun cuando el primero izquierda también estaba encima de la tienda, pero en el primero izquierda no vivía él.

Estaba descalzo. Cuando comenzó el fuego se había puesto ya los pantalones, la camisa, y estaba buscando los calcetines. Oyó primero el ruido, después le llegó el humo, el olor, y salió descalzo al descansillo, y bajó descalzo por las escaleras. Ahora notaba la acera bajo los pies mientras recordaba a Marcos León, la cabeza sobre el rectángulo del cuerpo, frío y sonriente al contarle que había una excelente posibilidad de negocio en Puerto Príncipe, un asunto de suministro de metales preciosos, y en ese momento él había recibido una larga llamada y después otra y Marcos León había desaparecido pero luego volvió, le habían invitado a salir de pesca unos amigos asturianos, había estado mirando la tienda, realmente era una tienda espléndida.

Un bombero le pidió que se apartara, estaba entorpeciéndoles y corría peligro. Arrieta cruzó descalzo la calle. Pensó en el seguro, no reclamaría la indemnización porque si lo hacía le acusarían a él de haber provocado el incendio. Arrieta no tenía hijos, no tenía a quien dejarle la tienda, pero era su tienda. No tenía hijos pero tenía planes, y sus planes ardían. Él había ayudado al gobierno de

Cuba porque había querido; ahora seguiría haciéndolo también por necesidad.

Miguel Arrieta no esperó a que apagaran el fuego. Entró en un bar, descalzo, y pidió un café, porque aún no había desayunado.

No mucho más tarde, Philip Hull llegaba al despacho de Wilson.

–Vamos –dijo ella.

–Espera. ¿Está muerta?

–Lo está –dijo Wilson.

–¿No ha habido imprevistos?

–No. Con el dinero tampoco, por lo que sé.

Hull asintió.

–Vamos –repitió Wilson–. Carter tenía prisa. Debe coger un avión a las once

–¿Tú has hablado ya con él? –preguntó Hull por el pasillo.

–No. Quiere vernos a los dos juntos.

Carter les dijo que se sentaran en la pequeña mesa redonda.

–Os quiero felicitar. La operación con la que entramos en contacto gracias a ti, Philip, ha sido un éxito y todavía no hemos obtenido ni la mitad del subproducto que esperamos de ella y que sin duda nos proporcionará.

Hull no atendía a la representación de Carter. Tampoco le veía, sino que, a través de Carter, veía el mar. El porcentaje de países sin mar era pequeño, esperaba que le ofrecieran un país con mar, pero si no lo hacían no pensaba decir nada.

–Querida Marian, he estado pensando que podría interesarte ir a Chile, y a nosotros también que fueras, por supuesto. En este momento es un país tranquilo. Brasil y Argentina están ahí, pero no interfieren demasiado. Tu marido tendría un excelente puesto de trabajo y tú podrías tomarlo como uno de esos períodos de formación interna, en el tiempo que te quede libre hacer informes, proyectos. Esperamos grandes cosas de ti en el futuro.

En ese momento Hull dejó de ver el mar y se fijó en Marian Wilson. Movía las manos sobre la mesa como si no se atreviera a rozarla, o como si no pudiera, y a Hull le pareció una anciana, la anciana que sería dentro de treinta y cinco años y que estaba ahí, a la espera.

Wilson no había contestado. Carter tomó aire y miró a Hull, pero entonces Wilson preguntó si su presencia era imprescindible, necesitaba hacer una llamada, si Carter quería podía volver después de hacerla.

–No, no es necesario, Marian.

Se quedaron solos. Hull seguía sin ver a Carter. Sólo veía una extensión brutal por lo ilimitada, sin una playa, sin una isla, sin un barco.

–He estudiado tu trayectoria –dijo Carter–. Sé que tienes familia en California. Éste va a ser quizás tu último destino en el exterior y creo que lo más conveniente para ti y para nosotros es que vayas a México.

Hull tardó en reaccionar. No tenía sentido. No después de haberle recordado que era un hombre mayor, que estaba al final del camino. México era un destino para alguien que aún no hubiera cumplido los cuarenta años. O tal vez para un águila como Carter. México era el caos, la batalla constante, los continuos desplazamientos, enfrentamientos, tensión. ¿Le estaban castigando más de la cuenta? ¿Era una broma y ahora Carter se iba a desdecir? ¿Querían destruirle? Entonces Carter dijo:

–No irás en calidad de agregado político. Tenemos un programa conjunto de enseñanza de idiomas muy importante en Cuernavaca. Tenemos además varias escuelas de negocios de capital norteamericano. Tú eres un hombre culto. Serás el agregado cultural para estas cuestiones.

–¿Para esas cuestiones?

–Ya hay un agregado cultural en México D.F. Pero tiene demasiado trabajo. Trabajo del día a día. Lo cierto es que hay una casa de la embajada en Cuernavaca y hemos pensado que podrías tener tu residencia ahí. Te ocuparías de los programas de estudios, harías un trabajo, cómo decirlo, elegante, sin prisa.

–Me pregunto adónde hemos llegado –dijo Hull.

Carter le miró unos segundos como si estuviera realmente planteándose la posibilidad de averiguar qué había querido decir. La posibilidad de responder y entablar una conversación. Después dijo:

–Tengo entendido que el traslado está previsto para dentro de tres semanas. Vicky Nuss se pondrá en contacto contigo.

Antes de que Carter le despidiera, Hull se levantó.

–Encantado –dijo.

–Igualmente –dijo Carter.

«Me pregunto adónde hemos llegado. ¿En qué lugar lejano seguimos caminando asidos de la mano?» Y Hull atravesaba de nuevo los pasillos sin mirar, sin ser mirado, acaso por última vez. «Me pregunto adónde hemos llegado.» Él era un hombre culto, sin duda lo era. Había leído libros, los había subrayado, tenía la cita apropiada para cada ocasión. Cuernavaca, por Dios Santo. Cuernavaca era Quauhnáhuac, la ciudad del Cónsul. No tenía mar, quedaba situada al sur del Trópico de Cáncer, en el paralelo 19, casi en la misma latitud en que se encuentran, al oeste, en el océano Pacífico, las islas de Revillagigedo o, mucho más hacia el oeste, el extremo meridional de Hawai. Así comenzaba *Bajo el volcán* y él aún lo recordaba.

Al llegar a su despacho, desplegó el atlas sobre la mesa. Era un gesto de juventud. Siguió con la vista el paralelo 19 desde Cuernavaca hasta el extremo meridional de Hawai hacia el oeste; hacia el este la novela hablaba de una ciudad en la India pero no conseguía recordar su nombre. Yuggernaut, eso era, Yuggernaut, en la Bahía de Bengala. «Me pregunto adónde hemos llegado. ¿En qué lugar lejano seguimos caminando asidos de la mano?», era Ivonne dirigiéndose al Cónsul. Hull recorrió todo el mapa con la mirada. ¿Qué había hecho con Laura? Si la hubiera perdido, si sólo la hubiera perdido ahora podría irse a la ciudad del Cónsul, recorrer a solas su camino y convocarla. Pero Laura había sido borrada de la tierra. «Me pregunto adónde hemos llegado. ¿En qué lugar lejano...?»

Hull cerró el atlas y llamó a Vicky Nuss. Quería saber fechas exactas, tiempos. ¿Cuándo debía dejar libre su despacho actual? ¿Sería posible que le organizaran un viaje a Cuernavaca previo? Deseaba ver el lugar, la casa que tendría, antes de decidir qué cosas iba a llevar consigo.

OCTAVA CARTA

Hace tiempo que vengo observándolo en los escritores, pero también en las personas que no escriben. Cuando se quiere dar relevancia, interés, profundidad a un personaje, se le adjudica algún sufrimiento: mató sin querer a su amigo en un accidente de coche, de niño le golpearon, se le murió un hijo, tuvo una larga y dolorosa enfermedad, le abandonó su mujer, tiene quizás todavía un soplo en el corazón. Yo no tengo tragedia que me avale, señor director. Mis padres murieron sin duda un poco pronto, pero los padres tienen que morir. No me dejaron huérfana, a los dieciocho años ya no se es huérfano sino mayor de edad. Yo les quería con locura pero eso no sirve para lo literario, curiosamente eso no expande el sufrimiento, no lo hace tormentoso como si me hubieran pegado o si yo me avergonzara de ellos.

Yo no tengo leyenda, señor director. No tengo la clave con que se explican comportamientos raros, traumas profundos que la literatura o el amor o la conciencia logran curar. Y yo también, como todos, admiro a los que sufren porque han de ser valientes, porque pelearon para seguir ahí sin amargura, mirándote a los ojos. Los admiro a veces con egoísmo, pues pienso que si los que sufren me quisieran, si un día me quisieran serían mejores guerreros que los que no sufren, me defenderían mejor. No todos los que sufren, sólo los valientes porque hay no valientes que sufren y, con arrogancia, te lanzan el sufrimiento como su carta blanca para exigir y hacer daño y maltratar. A ésos, a veces, los comprendo.

Admiro a los otros, pero no admiro en todo caso al escritor que acude al sufrimiento para dar sentido. Las enfermedades duelen por algo, los accidentes de coche se producen por algo, los golpes los origina algo, los hijos mueren por algo que en millares de ocasiones sería o habría podido ser evitable si se hubiera intentado, si durante años evitarlo hubiera sido considerado una prioridad. Esa literatura que aclama el sufrimiento como lo que es capaz de conferir a la vida el interés, el fin, el incremento, me recuerda a quienes en la venta creciente de agua embotellada no ven la prueba de un fracaso sino territorios nuevos para el negocio y para el sentido del gusto.

Se produce por omisión a veces el sufrimiento y otras veces por algo que llaman el mal. Pero el mal es un organigrama inteligible y no, como se empeñan en decir, el último resto de no sabemos qué sustancia inmaterial, inconsútil, que vuela y se posa. ¿Por qué se empeñan en decirlo? Seguramente sea la ley, la ley del interés humano, una ley económica como otra cualquiera que algunos han formulado de un modo más sencillo: el que paga al gaitero, pide la canción.

Mi suicidio, señor director, acaso forme parte del interés humano. Mi suicidio acaso me confiera profundidad, credibilidad. Acaso logre dar un poco de sentido a la razón común que ya no tenemos. «Con los buenos sentimientos no se hace literatura», cuántos miles de veces esta frase se ha repetido con deleite. Así quedaban los hombres y mujeres relevados de escribir y leer historias de la razón común. Algunos entendíamos que con los buenos sentimientos André Gide había aludido a los de la dama o el caballero que mandan dinero a África para cuidar negritos sin pensar en por qué los africanos necesitan su cuidado, sin pensar en si habría un camino más recto, racional, para que no lo necesitaran. Entendíamos que se refería a la dama o al caballero que le compra una docena de pasteles al hijo de su criada y se le salta una lágrima al ver cómo el niño los devora entusiasmado. Pero estábamos equivocados pues con esos sentimientos se hace constantemente literatura. Se lo digo porque me he fijado, porque he leído muchas críticas de libros, porque yo, como usted, a estas alturas ya se habrá dado cuenta, también quise escribir un libro necesario.

Al parecer la frase de Gide no se refiere a los buenos sentimientos sino a los sentimientos buenos, al bien común, a la idea clara y distinta de que el ochenta por ciento del sufrimiento grave que hay en la tierra se podría borrar si eso fuera un objetivo, un propósito constante y superior a la clase de propósitos donde se encuentra vender teléfonos móviles con cámaras de hacer fotografías. El veinte por ciento restante, el azar absoluto, el sufrimiento existencial de ir a morirnos y también el que aún estuviera en vías de solución, permanecería, pero tal vez entonces nos pareciera diferente. De esto, señor director, no puede hablarse. No es literario, produce un efecto de *déjà-vu,* causa estupor, aburrimiento, y desde luego a quién le importa si hay un país que se pensó, que durante cuarenta y cinco años al menos se pensó para intentar llevar a la práctica la idea clara y distinta de que era posible establecer un orden de prioridades.

A usted quizás le importe más mi pequeña espantada, mi incompetencia; yo no metí, como aquella poeta, la cabeza en el horno de gas, pero tampoco pude, no fui capaz de mantener las cosas en orden. ¿Por qué no fui capaz? Por la concupiscencia, supongo, señor director. Porque los sueños son la maquinaria que se lleva todo por delante. Los sueños fragorosos, inmateriales, los sueños abstractos como un temblor, e íntimos, tienen siempre un escenario material, transcurren en lugares materiales, con vestidos y cuerpos materiales. Excesivamente deseoso de bienes y placeres materiales es el concupiscente y acaso todo en los sueños sea material a excepción del impulso. Yo he parado el impulso, señor director. No mantengo las cosas en orden porque he parado el impulso y se han quedado solos, desnudos, los sueños que se llevan todo por delante.

No culpo al agregado. No soy tampoco magnánima y hay un lugar en mí que no le ampara. Yo tenía que morir para que el agregado pudiera seguir soñando. Y al fin si no le culpo es sólo porque los sueños, los fragorosos, los providenciales, no son una elección sino algo imprescindible para sobrevivir. ¿Cómo, si no, soportaríamos la presión? ¿Cómo pueden vivir los hombres y mujeres de veinticinco años pensando que no subirán nunca, subir a una casa más amplia, a un trabajo en donde ser vistos, reconocidos, vale decir mejor pagados, a un futuro sereno y poderoso? ¿Cómo pueden vivir sin escapar del precio de ese ascenso a través de la literatura, la fuga, la trampa?

Algunos pueden, y no es que sean mejores, es que tienen más imaginación. Son capaces de ver lo que sería una sociedad en donde la escapatoria y el vuelo solitario y el sentimiento de admiración por uno mismo a solas, de vanidad herida, no hicieran falta a nadie. Se preguntan cuánta escasez pero también cuánto de extraordinario y bonancible habría en un tiempo sin miseria y sin lujo para todos. No son muchos y son raros, porque la imaginación es un bien colectivo, señor director, y ha sido saqueado en todo el mundo, y ha sido destrozado con insistencia y alevosía e iniquidad.

Ellos, los que resisten, encuentran pedazos de ese bien colectivo, pero yo ya no los encuentro, señor director. No sé cómo imaginar mi vida. He aquí mi incompetencia, el defecto de fábrica, lo que no está bien en mí o, tal vez, lo que no está bien fuera de mí. No sé cómo imaginar mi vida sin imaginarla contra los otros, o sin los otros. Y no me sirve pensar en los míos, mis padres o mis hermanos o mis hijos que no tuve, porque serían los míos contra los otros. Y no me sirve pensar en los amigos ni en la ambición, porque la ambición y los amigos se conquistan, también, contra los otros, porque ya no soy capaz de librarme de los cientos de miles y miles de historias de hombres solos, acompañados pero solos, corriendo contra todos siempre.

Yo pensé que el agregado era valiente, sus padres no se amaban y eso, al parecer, confiere profundidad y valentía. Pensé que el agregado era valiente y me defendería como tal vez yo, aun sin tener leyenda, podría protegerle. Pero por qué es preciso protegerse, por qué nos tenemos que defender.

Besa sus ojos,

Laura Bahía

9

Armando Cienfuegos fue el encargado de repatriar el cadáver de Laura Bahía. Sedal le ayudó a hacer los trámites, en el trato con las autoridades y en las visitas a la funeraria. No quiso, sin embargo, acompañarle al aeropuerto. No quiso ver tampoco a Miguel Arrieta. Habló con él por teléfono.

–Te veré en Cuba –le dijo.

–Lo siento, siento lo de esa chica más de lo que puedes imaginar.

–Gracias. –Y en la voz de Sedal hubo un quiebro–. Gracias por mucho, Miguel, gracias por todo.

Sedal acompañaba al hotel a Armando Cienfuegos. Iban andando. Armando debía pasar a recoger sus maletas y algunos papeles. Sedal se había negado a viajar en el coche que transportaba el ataúd. Armando insistía en que Sedal no se culpara. Sedal le escuchaba con las manos en la espalda.

–La entrené yo –decía Armando–. Ella era muy buena. De las mejores. No es que sea improbable, es que es imposible que Laura hubiera caído en una trampa así. Bajó porque ella quiso.

Sedal callaba y Armando seguía buscando nuevos argumentos.

–Si tú quieres puedes pensar que nos demoramos más de la cuenta. Yo lo he pensado. Quizás debimos sacar a Laura y a Miguel de aquí el mismo lunes. Pero si nosotros lo hubiéramos planeado así, Laura se habría negado. Me apuesto todo a que ella quiso que le pasara lo que le pasó.

Agustín no respondía. Armando guardó también silencio. Llegaron al hotel, Armando subió a su habitación, recogió las cosas, devolvió la llave en recepción. Ya sólo quedaba aguardar al coche fúnebre. Agustín le estrechó la mano para despedirse y entonces dijo:

–Dejó unas cartas, Armando. Me envió el reloj que le había regalado su padre y unas cartas. Sé que fue un suicido pero también fue un asesinato. Y es el asesinato lo que tendría que haber podido evitar.

–Sólo si ella hubiera querido ayudarte a que lo evitaras. Tú sabes que Laura era la persona más obstinada del mundo.

–Sí, lo sé.

Aquella misma noche Agustín volvió a casa de Mateo Orellán. Se quedaron todo el tiempo en la cocina. Orellán le dijo que no cometiera el error de echarse la culpa.

–La culpa, la culpa. Armando y tú deberíais fiaros un poco más de mí.

Orellán le preguntó si quería cenar algo, eran casi las once de la noche. Sedal dijo que no. Orellán sacó un yogur de la nevera, le echó azúcar.

–La culpa es muy cómoda –dijo Sedal–. Te autocompadeces, lloras, y te das permiso para ser un cerdo.

Mateo Orellán le hizo la pregunta que no se había atrevido a hacer nunca por pudor, porque Cuba no era su país y era difícil encontrar un sitio desde donde hacerla. Quizás intuía que ésa iba a ser la última vez que le viera y no sabía cómo calmarle, cómo hacer que durara la noche y Sedal sintiera un poco de calor.

–¿Qué va a pasar –le dijo–, qué piensas que va a pasar cuando se muera Fidel?

–¿Tú también crees –contestó Sedal– que Fidel es tan importante?

–Las historias necesitan un final. Y desde que cayó el muro, Cuba es también una historia. Necesita un final, cerrar el libro aunque sea para abrir otro a continuación. Fidel se ha convertido en ese final.

–Bueno. Hay mucha gente en Cuba queriendo que pase algo. Lo que sea, dicen, y seguramente no creen del todo lo que dicen. Que nieve, quieren despertar un día y que esté nevando.

Mateo Orellán terminó su yogur. Le ofreció una infusión con unas gotas de coñac. Esta vez Sedal aceptó. Mientras Orellán la preparaba, Agustín Sedal dijo:

–Lo que va a pasar, y ojalá me equivoque, escritor, es que, casi sin darnos cuenta, nos venderemos. Lentamente, con mucho cuidado, con la ilusión de que podemos controlarlo, pero llegará un momento en que no podamos.

–Eres muy duro.

–Una vez vino a La Habana un financista de compañías farmacéuticas y me tocó acompañarle. Me dijo que ellos distinguían entre problemas serios y problemas significativos. Un problema serio era, por ejemplo, un problema que afectara a muchas personas. Pero ellos no se dedicaban a los problemas serios sino a los significativos, que eran los que les reportaban ganancias.

–No conocía la terminología –dijo Orellán–, aunque cualquiera puede verlo.

–A nosotros nos acabará pasando eso, escritor, y ojalá, ojalá me equivoque. Está muy bien lo del autofinanciamiento mientras haya cierto control. Si un laboratorio tiene que elegir entre investigar una vacuna para una enfermedad tropical o una crema antiarrugas, y presenta un proyecto diciendo que va a autofinanciarse con la crema, le dirán que no lo haga. Hasta que se necesite que lo haga. Y hasta que el propio laboratorio sólo escoja proyectos significativos, quizás no tan sangrantes como el de la crema pero tampoco muy diferentes. Para entonces ya habrá interiorizado el valor de la eficacia.

–La eficacia no es mala –dijo Orellán.

–¿Estás seguro? La eficacia, aquí, suele querer decir máxima rentabilidad a costa de lo que sea y de quien sea. Ya tú lo sabes. No era un mal hombre el financista con el que hablé. Era un tipo eficaz.

Mateo Orellán volvió a la mesa con dos tazas blancas en forma de vaso con asa. Sedal cerró las manos en torno a la suya.

–¿Qué tú piensas? –dijo.

–Yo necesito vuestra revolución. Pero no puedo pedirle a nadie que resista por mí.

–¿Para qué la necesitas? –dijo Sedal.

–Estoy cansado de oír que sería mejor que Cuba no existiera, que de ese modo nadie la arrojaría como argumento de las dificultades del socialismo. Ya sabemos que es difícil. Ya sabemos que la Unión Soviética no hizo bien las cosas, pero algo importante se perdió cuando la Unión Soviética dejó de existir.

–Eso es discutible.

–Discutámoslo –dijo Orellán.

Sedal rió:

–Ahora no. De todos modos, es posible que yo me equivoque. Que dure y avance la revolución. O que haya relevos. A veces se apaga la luz en unos sitios y se enciende en otros. Está Lula, Argentina...

–Ellos no tocan la producción de los bienes. Ellos sólo tocan la distribución y tú lo sabes, Sedal.

Sedal bebió de un trago toda la infusión. Tenía los ojos relucientes.

–El martes –dijo– Laura me contó que había discutido con el agregado. Le había preguntado si le parecía lógico que se gastara más dinero en investigar la textura de las galletas saladas que en evitar el sufrimiento. Y él dijo que sí, que le parecía lógico.

–Las tiendas, vacías o llenas, están a la vista. Pero los que sufren se esconden.

Sedal miró al escritor. Se puso en pie, inquieto. No sabía qué hacer, buscó un vaso y lo llenó de agua, pero apenas bebió. Luego fue hacia Mateo Orellán y le puso una mano en el hombro. Después volvió a sentarse.

–No hablemos de eso –dijo–. Debes escribir la novela.

–No vas a decirme para qué.

–Cuando la termines. ¿Cuánto puedes tardar?

–Hace mucho que no escribo novelas. Tal vez un año.

–¿Puedo pedirte que no me llames, que no me hagas preguntas?

–No te llamaré –dijo Orellán.

–Ahora me voy –dijo, y era extraña esa forma de hablar como dándose instrucciones.

Diez meses más tarde Mateo Orellán se dirigió a la Embajada de Cuba. Había cumplido su promesa. No había llamado a Sedal y Sedal tampoco le había llamado a él. Fue primero a la embajada en vez de ir a su casa porque pensó que Sedal habría regresado a Cuba. Pero no estaba en Cuba ni en España. Se había ido a Perú, le explicaron, sin ningún puesto, por su cuenta. Hacía tiempo que no sabían nada de él.

–Así que no me iba a contestar nunca –murmuró en voz alta.

La funcionaria que le atendía sólo dijo:

–¿Sí? Bueno, repítame.

Orellán se despidió de ella. Tenía la novela casi acabada. La última carta de Laura Bahía no era distinta de las otras a no ser porque era la última y porque le colocaba en una tesitura difícil. Pensó en el mensaje de un náufrago que hubiera escrito: «Por favor, no vengan a buscarme.» Aunque tal vez no fuera eso exactamente lo que había escrito Laura. Quizás sólo hubiera escrito nueve cartas al director y él las tenía entre sus manos, y Agustín Sedal, como él, como seguramente Laura Bahía, sabía que el único modo de que esas cartas llegaran adondequiera que tuviesen que llegar era metiéndolas dentro de una novela.

Mientras descendía por la cuesta del paseo de La Habana, Mateo Orellán pensaba que iba a echar de menos a ese hombre alto de bigote blanco que se parecía a Gregory Peck. Le habría gustado pedirle que volviera. Contarle que una tarde, en una biblioteca pública, había encontrado una edición abreviada del diccionario Espasa. Le habría gustado decirle que el tomo VI llevaba rotuladas en el lomo las palabras Ocrán-Sanabú. Pero Sedal no estaba y, como él mismo le había dicho, las historias necesitaban un final. Entonces Orellán entendió que no era él ni tampoco Laura Bahía quien iba a cerrar la novela. Entendió que el final estaba fuera, fuera de la novela y dentro de este mundo.

NOVENA CARTA

Se preguntará por qué le he escrito a usted, señor director. Por qué se me ha ocurrido pensar que usted y yo, siendo tan diferentes, nos parecemos. Porque no podríamos no parecernos, aunque yo sé que usted en esto último no está de acuerdo. En cuanto a lo primero, no he pensado nunca que usted fuera a publicar las cartas. La extensión, el interés, usted se atiene a las reglas y cómo habría de publicarlas. Usted no cuenta más que con media página, pero por un momento me figuré que ese rincón del periódico podría ser un sitio. Porque le tengo miedo a la literatura, señor director.

No es que confíe en el periodismo. Todos saben, sabemos, que la sección, la media página de desahogos individuales, precisamente certifica que el periódico está fuera de nuestro alcance. De modo que usted no iba a publicarlas, pero yo acaso tenía a quien dirigirme. Tinta para sus ojos y tinta para, a través de sus ojos, poder hablar de lo que no se habla. Hablar no de lo que estas cartas dicen, sino de lo que no saben decir.

¿Cómo vamos a acumular recursos económicos para vivir, para sobrevivir?, le preguntaban en Cuba a Agustín

Sedal. Con el turismo, con las remesas, vendiendo vacunas, vendiéndonos nosotros, decía Sedal en sus malos días. ¿Cómo acumularéis capital?, me decía a veces el agregado. Y yo le contestaba que cuando la revolución dejara de tropezar y se extendiera, y ya no hiciese falta competir, entonces tampoco necesitaríamos capital, sino algo cuyo nombre no conocíamos. Sólo una vez le dije: ¿cómo acumularemos otra imaginación, otros deseos?

¿Cómo vamos a reemplazar, se lo pregunto a usted ahora, este bien colectivo destrozado durante los siglos y siglos en que los fuertes han estado pidiendo la canción? Ni siquiera piden lo que quieren oír sino que dejan claro lo que no quieren, y si a usted le invitaran a dar unas clases magistrales en alguna excelente universidad o fundación, usted sabría.

Con todo, publicar novelas, producir películas, poner letra a la música no bastaría para acumular otra imaginación. Porque no se imagina en el aire. Porque imaginar tiene que ver con hacer, con poder hacer.

En otras cartas he utilizado, no sin temor a que no me entendiera, la palabra concupiscencia. Posee para algunos un componente religioso y también moralista que yo no quiero usar. Los moralistas acuden a la contención o a la renuncia como forma de paliarla. Pero el voluntarismo no es una solución.

No somos prosaicos, señor director. Estas cartas tratan de que no somos prosaicos y al sueño de progreso individual y reconocimiento y ambición no le ponemos números sino vagas escenas inspiradas. Los sueños fragorosos son el impulso que nos damos para conquistar, y se conquista contra los otros. Se es concupiscente contra los otros. Los sueños dicen que no, dicen que se adquieren las cosas por azar o con esfuerzo, pero usted y yo sabemos que el azar y el esfuerzo dejan a su paso, en este juego, barcos hundidos, hombres y mujeres hundidos por los otros, y también por nosotros.

Salto de una cosa a otra, señor director. Es que es tarde, no consigo dormir, queda ya tan poco tiempo. Hace unos días compré jabón de lavadora. HAY SUEÑOS DENTRO DE LOS PAQUETES, ¡ENCUÉNTRALOS! No es tan distinto ese paquete de las novelas sobre capitanes, sobre la miseria de la clase media, sobre el amor entre adúlteros o entre desiguales o entre Philip Hull y yo, sobre la muerte y la belleza, la piedad y el heroísmo, la soledad y la ironía.

Llevo bastantes años en España y a veces, cuando vuelvo a Cuba, siento rubor al escuchar algunos programas de televisión donde se cuenta todo lo que se está intentando. Son cándidos, son casi ingenuos. ¿Es que no tienen ironía?, me pregunto. Pronto la tendrán.

Si Cuba cae, y es posible que caiga, la tendrán. No, no le hablo de ese tono zumbón de los cubanos, de su sentido del humor. Hablo de los discursos, de la ironía en los discursos, en la retórica política y literaria. Pronto la tendrán porque en el mundo desarrollado ironía casi siempre quiere decir cinismo o ser capaz de no creérselo del todo, hablar de cualquier cosa, el bien común, la justicia, con los dedos cruzados, manteniendo una doble atención y no, como suele decirse, debido a cierta comprensión de las imperfecciones sino por la conciencia de que lo que decimos no va del todo con nosotros. Porque hay un fondo y un doble fondo, señor director, hay una cámara y una recámara y ahí, en la recámara, se guardan los cartuchos, las joyas, los repuestos, y a ese lugar nos retiramos cuando se trata de coger impulso. Yo estoy a punto de entrar en la ironía, quizás por eso me detengo ahora.

Cuando se haya ido, cuando deje la tinta y más tarde

se acueste y cierre los ojos piense que no es un pozo lo que se abre bajo su mejilla, no es el espacio negro ni la muerte. Es una cinta de sacos rellenos de una materia esponjosa y blanda que recorre el mundo. Y si pudiera, si tan sólo pudiera, donde todos los pozos se secan, donde todas las pieles se hacen transparentes, pregúntese por qué ya no defendemos Cuba. Tal vez no sea porque no tengan frigoríficos nuevos, tal vez no sea por los setenta y cinco miembros de la oposición controlada y financiada por un país hostil, tal vez no sea por los errores, ni aun por lo que se hizo deliberadamente mal, pues no es, al fin, la parte lo que no defendemos sino el todo. Es el todo lo que, digo, es un decir, queremos que caiga, que no permanezca, y así volver a darle la vuelta a la almohada: este suave frescor en la mejilla, a veces, duele sin querer.